過去をなくした伯爵令嬢

モーラ・シーガー
中原聡美 訳

ハーレクイン
SP
文庫

COMES A STRANGER

by Maura Seger

Published by Harlequin Japan,
a Division of K.K. HarperCollins Japan, 2024

モーラ・シーガー

幼い頃から本が好きで、豊かな想像力にも恵まれ、12 歳のときに作家になろうと決心したという。それから 20 年後、彼女の夢はかなえられた。作品の一つ一つが自分にとっては冒険で、魅力的な登場人物には自分自身も惹きつけられると語る。

◆主要登場人物

ビクトリア・ロンバード……………フラワーショップ経営者。
メーガン・フィッツジェラルド……ビクトリアの友人。作家。愛称メグ。
アントニー・ダーシー……………イギリス貴族。実業家。
フィオナ・ダーシー………………アントニーの母親。
ウィリアム卿………………………アントニーの父親代わり。ヘレフォード伯爵。
ガレス・ジャスミン卿……………ウィリアム卿の主治医。私立病院理事長。
キャティ……………………………ダーシー家のメイド。

1

ロンバード様

残念ながら、ニューヘブン孤児院に一九六四年四月、貴女《あなた》が引き取られた事情について、何ら新しい情報が得られなかったことをお伝えしなければなりません。

ご承知のとおり、孤児院は五年まえ、火災に遭っております。貴女がいた当時働いていた職員の多くは、火災を機に辞めているのです。わたくしどもはそのうちの三人の所在をつきとめて、話を聞きました。しかし、貴女が孤児院に連れてこられた事情に詳しい者はいませんでした。証拠書類もいちおう捜してみましたが、やはり徒労に終わりました。

これ以上情報が得られるという保証はなく、調査を続行してもむだだというのが、わたくしどもの判断です。

調査費の請求書を同封いたします。

ウィルソン＆デイビス探偵社

ビクトリアは手紙を二度読み返してゆっくりとたたみ、封筒に戻した。手紙の内容にさして驚きもしなかった。

二六歳になる彼女は、自分の生いたちにまつわる謎《なぞ》にも、それをつきとめようとする努力がいままでのところむだに終わっているのにもすっかり慣れっこになっていた。とはいえ、これほど行きづまってしまうと、落胆せずにはいられなかった。

探偵社に頼んで三人の住所を聞きだし、自分で訪ねようかとも思ったが、名うての調査機関が洗いだした事実以上にわかるはずもない。

ため息をつきながら、ビクトリアは木製の揺り椅子《いす》に背中をもたせかけた。すらりと伸びた肢体。日に焼けた健康そうな肌。上向きかげんの鼻にはうっすらとそばかすの跡が見える。金色に輝くライトブラウンの髪。淡い光が揺らめく大きなブルーの瞳。卵形の面ざしに高い頬。表情豊かな唇には、いつも笑みが浮かんでいる。つらい人生を送ってきたはずなのに、彼女は微笑《ほほえ》みをたやしたことがない。

ビクトリアの経営するフラワーショップは繁盛している。八年間の必死の努力が実を結んだのだ。湿った土と古い木のにおい、さんさんと降り注ぐ日射《ひざ》しに包まれた店内は、彼女の安らぎの場所だった。

一八歳で最後の里親のもとを離れてからは、自分だけの城を築くためにあらゆる苦難に立ち向かった。幼いころの寂しさ、埋め合わせのできないほど深い心の傷をいやせる場所を求めた。

その結果、彼女は成功をおさめた。それでも、自分はいったい誰なのか、どこから来たのか、知っておきたいという切ない願いは心から離れなかった。

ため息をつくと、ビクトリアは椅子の肘に手をついてやっとの思いで立ち上がった。一六五センチしかないけれど、長い脚と優雅な身のこなしのおかげで実際より背が高く見える。

彼女の細いからだは一見ひ弱そうだが、じつはそうではない。持ちまえの健康なからだは、長年の仕事でさらにきたえぬかれている。フラワーショップの仕事は、外に出てからだを動かすことも多かった。

この仕事で何がたのしいかといえば、からだを動かせることと、誰にも頼らずひとりで自由に働けることだ。もちろん、客相手の厳しい商売であることはいうまでもない。ビクトリアは頭を振り、自分にいい聞かせた。だめよ、ぼんやりしてる暇はないんだから。春先はいちばん忙しい季節。フェアフィールドの住民たちは、こぞって種だの、肥料だの、初心者向けの鉢植えだのを買いにやってくる。

文句をいうのも人一倍の金持ちを顧客に、ビクトリアの店ははやっている。それを忘れてはいけない。

手紙を私信用のファイルにしまい、請求書を未払い請求書挟みのなかに差しこむと、ビクトリアは広々とした、かつては干し草小屋だった店に戻った。そして、日々のこまごまとした仕事に没頭しようと努めた。

六人の客の相手をし、ひっきりなしにかかる電話の受け答えをし、この忙しいシーズンに備えて雇ったアルバイトのめんどうをみる。さらに、副業として始めた園芸の注文を一件受けた。こうしてあわただしく時間を過ごすうちに、探偵社からの知らせもどうにか割りきって考えられるようになった。

いまごろになって、過去のことをほじくりだそうとしても、もともとむりなのだ。これまで集めたささやかな事実以上はわかるはずがない。それで満足し、一件落着にすればいいじゃない、と彼女は幾度となく思った。肝心なのは未来よ。過去なんて問題じゃないわ。そう何度も何度も自分にいい聞かせていると、店の戸口についた鈴が音をたて、ビクトリアは無意識に目を上げた。

どんな客が来ようと、浮かべることができる上品な微笑みも、このときばかりは形にならなかった。彼女の唇はそっと驚きの声をあげて開かれた。戸口には、ひとりの男性がドアのノブに片手をかけたまま、入ろうかどうしようかと迷うような格好で眉間《みけん》にかすかなしわを寄せて立っていた。

迷うのもむりはない。その男性はいかにも場ちがいな感じだった。ピンストライプのグレーのスリーピースは、すらりと伸びたからだに一分の狂いもなく仕立ててある。目もくらむばかりに白いワイシャツといい、会員制のメンズクラブか、私立の学校で見うけられるようなおちついた模様のシルクのネクタイといい、およそフラワーショップというよりは、会議室にでもあらわれたほうがふさわしい服装だ。

とがった鼻先をかすかにしかめている。おそらく、戸口のそばに置いてある肥料袋のにおいに閉口しているのだろう。何色なのかちょっと見ただけではわからない目をちらと床に落とし、ぐあいを調べるように、磨きぬかれた革靴の片方を一歩まえに踏みだす。

ビクトリアは男の態度がしゃくにさわった。いったい、自分を何様だと思っているのかしら。わたしのお店を見くだすいわれはないわ。柔らかい声音に、どことなく冷たい響きを交えて彼女は言った。「何かご用でしょうか?」

男が疑わしそうな目でこちらを向いたとき、ビクトリアは彼の目がトパーズ色であることに気づいた。男はふだん着姿の彼女に視線を走らせた。ほっそりとしたからだつき、着古したジーンズにぴったりと包まれた丸みを帯びたヒップ、柔らかいシャンブレーのシャツがふわりとまとわりつく、張りのある胸まで、なにひとつ見逃さなかった。

穴のあくほど見つめられて、ビクトリアは思わず顔を赤らめ、いっそう背筋をかたくした。いつもの彼女には似つかわしくない冷ややかな声で言う。「場所をおまちがえでは?」

彼女がときに使う、このいい方を評して、知り合い連中はまるで〝王女さま〟みたいな口をきくと言った。

高い額からV字形にうしろにとかした豊かな髪の色と同じまっ黒な眉が、片方だけ皮肉っぽく吊《つ》り上がった。わずかに微笑むと、彫りの深い唇の端にしわが刻まれた。意を決したかのように戸口を離れると、彼は生来とも思える優雅な身のこなしでこちらにやってきた。その動作から、高価な服に隠された男らしいみごとなからだつきが察せられて、ビクトリアは気づまりを感じた。

「ここでいいと思いますよ。表の看板にまちがいなければね。ここはグリーンサム・フラワーショップですね？」

彼の英国風のアクセントには、上流階級ならではの冷ややかさが露骨にあらわれていて、なぜかビクトリアの神経を逆なでする。

「なにかお目当てのものでもございまして？」ビクトリアは礼儀をわきまえようといくらかむりをしながらたずねた。

「まあね。迷惑でなければ、店のなかを少々見たいんだが」

男のことさら丁寧な言い方にも、ビクトリアはだまされなかった。この男は誰はばかることなく、自分の好きなようにふるまうのに慣れている人間だ、と本能的に見抜いていた。

そのことがなぜかビクトリアの気持ちを圧迫した。むこうみずな意志の力をかぎ取ったからといって、ビクトリアがその矢面に立たされる心配はないというのに。

とはいえ、たがいに視線を交わした瞬間、胸に迫った奇妙な感覚をビクトリアは振り切れなかった。ハンターの目に射すくめられた獲物のような感じだ。さっさと買物をすませて退散してくれないかしら。

しかし、心とはうらはらに、おごそかにうなずくと、ビクトリアは言った。「どうぞ、ご自由に」それからそしらぬふりをして、おもむろに仕事に戻った。けれども、彼の口もとがかすかにふるえているのを盗み見て、妙に気になった。あれはおもしろがっているのかしら。なにか喜びを隠しきれないって表情だわ。

三〇分ばかり見知らぬ男は店のなかをうろつき回った。おさえた色づかいのグレーのスーツは、店内の色とりどりの植物をいっそう引き立たせる。咲き誇るアマリリス、鉢植えの紫のハイビスカス、黄金色のスイセン、そして手入れ法をこと細かに書きつらねた小さなカード付きの初心者向け観葉植物の列。そのどれもがスーツの色とあざやかな対照を見せている。

ビクトリアは数人の客の相手をし、その合間に、今週中に届けなくてはいけない品物のリストを確かめた。仕事にすっかり没頭しているふりをしながらも、ときおりちらと視線を移して、男の動きを観察せずにはいられなかった。

一度ならず、彼がこちらを見つめている場面に出くわした。その熱心なまなざしは、ビクトリアと目が合ったとたんにベールに包まれてしまう。

ようやく彼は店先に戻ってきた。「この店にはなかなか立派なものがそろってますね。

この商売は長いんですか?」

「二、三年ってところですわ」

「お見うけしたところ、あなたがオーナーですね」

「ええ」

いつものビクトリアなら、こんな味もそっけもない返事はしない。しかし、この見知らぬ男にかぎっては例外にしてもいいと思った。胸の奥深くにひそむ警戒心が本能的に頭をもたげていた。

彼の浮かべた微笑みは無邪気すぎるくらいだった。相手を安心させたい一心でそうしているのでは、と疑いたくもなる。気を許していれば、たちまちその微笑みにまいったことだろう。ところが、彼女の警戒心は高まる一方だった。

彼の顔にふと何かがよぎった。驚き? それともくやしさ? ビクトリアにはわからなかった。どんなわずかなことであれ、彼は人から拒絶されたことがないのだろうか。だから、あんな表情をするのだろうか。

そう思うと愉快だった。何者か知らないけど、この男は見たところ、かなりの自信家だわ。世の女という女が彼の足もとにひれ伏すわけじゃないと、思い知らせてやるのも悪くない。

「こう言ってさしつかえなければ――」彼はふたたび話しはじめた。「ご自分で商売なさるにはずいぶんお若いですね」

「べつにかまいませんわ」ビクトリアは答えた。生まれついてのユーモア精神がうずく。「それどころか、ちょっと耳がくすぐったいくらい。このお店を手に入れるために何年間費やしたかと思うと」

彼の顔がふたたびくもった。斜めに上がった眉と眉のあいだの、日に焼けた皮膚にひと筋のしわが寄る。「あなたの努力の成果がたいしたものじゃないと言ってるんじゃありません。ただ、見たところまだ二五歳にもなっては……」当たっているかどうか、彼女の口から聞きだそうとしているようなふしがある。

「二六ですわ」これといって返事をひかえる理由もないのでビクトリアは答えた。不思議にも、彼の瞳が満足そうにきらめいた。この人はフラワーショップを経営する、色あせたジーンズ姿の二六歳の女性に何の興味があるのかしら。

仕事に話を戻そうとして、ビクトリアは聞いた。「お好みのものが見つかりまして？」

彼の投げかけた微笑みにはそっととがめるようなニュアンスがあった。べつに下心はないのだというような。「ええ、ありましたよ。奥にあるあのイチジクなんかすごくすてきだ」

自分らしくない、ぶしつけなものの言い方をして、内心どぎまぎしながらも、ビクトリアは快活にうなずいた。「あれは直射日光がよく当たる所に置いてください」

「それから？」

「乾燥したらお水をたっぷりあげて、たまに肥料も」

「それなら手がかからなくていい」彼はつぶやくと、上着の内ポケットからつややかな革の財布を取りだした。「クレジットカードでもかまわないかな」

注文書を手もとに寄せながら、ビクトリアはええと答えた。それから、配達してほしいかどうかたずねた。男はここからさほど離れていない住所を告げて、配達を頼んだ。そこはモダンな住居の立ち並ぶ高級住宅地だった。

「午後にでもお届けしたほうがよろしいでしょうか、ミスター……？」

「ダーシー。でもアントニーと呼んでください」

またあの微笑みが彼の口もとに浮かぶ。つくられた笑顔にしてはとほうもなく魅力的だった。彼の差しだした金色のクレジットカードを受け取るとき、たがいの指先がそっと触れあった。ビクトリアは何気なく言った。「わたしはビクトリア・ロンバードです」

「じゃあ、ビッキー？」

優しい笑い声が彼女の口からもれた。「いえ、なぜか、わたしはニックネームで呼ばれたことがないんです。ビクトリアがいちばんぴったりくるみたいで」

これまでことあるごとに、同じセリフを男性にくりかえしてきたが、反応はみな似たり寄ったりだった。抑圧されたビクトリア朝時代の生き残りじゃなければいいがと、たいていの男は口をそろえて、うんざりする冗談を言う。

しかし、アントニーは微笑むだけだった。「おっしゃる意味はわかりますよ。ぼくもいままで、トニーなどと呼ばれた覚えがない」

ビクトリアはすぐ納得がいった。名前にしてもなんにしても、彼にはちっぽけなものは似つかわしくない。カウンター越しにこうして間近に立っていると、細身のからだにしてはずいぶんと大柄なのがはっきりと見てとれる。

ゆうに一八〇センチはあるだろう。フットボール選手のような分厚い肩。上品な仕立ての上着とベストに包まれた胸は広くたくましく、胴から腰にかけてはしまっている。脚もビクトリアよりずっと長い。

なかでも彼女の目を引いたのはアントニーの手だった。他の部分と同じように細く長い指は先のほうが丸くなっていて、意外にもその内側にはたこができている。あの指で触れられたらどんな感じかしら。ビクトリアのからだはかすかにおののいた。

あらぬことを考えている自分に驚いて、ビクトリアは仕事のほうに心を引き戻した。伝票を機械に通して、カードを彼に渡す。「午後に配達しますわ……アントニー」

「それでけっこう。ぜひあなたに届けていただきたいものですね」

ビクトリアはためらった。「いつもはわたしじゃないんですけど……。でもきょうは係の者が病気で休んでますから」それはほんとうだった。同時に、内心好都合だと思った。

もう一度アントニー・ダーシーに会えるのだ。これは、男性にたいしてクールな態度をとってきた彼女にしては驚くべきことだった。たまに夕食や映画に誘われたりするぶんにはかまわない。かといって、そんな彼らの気持ちを真に受けるほど愚かではなかった。彼女の人生には、ロマンスに憂き身をやつす暇などない。

店を出ていくアントニーのうしろ姿を見送りながら、ビクトリアはそう自分にいい聞かせて仕事に戻った。しかし、仕事をしているあいだもずっと、もう少しすてきな服に着替える時間があるかどうか、気が気でなかった。

アントニー・ダーシーの住む家は、両側に杉の木の茂る、二階建てのモダンな造りだった。花の咲き乱れるタイサンボクに囲まれた、湖を見渡せる高台に立っている。

一方の壁一面がガラス張りになっていて、そこからすばらしい景色が眺められた。屋根にはあちこちに天窓がとってあり、周囲に張りめぐらされたデッキには、温室とホット・タブが備わっている。それに石造りの煙突がふたつ。外観にしてこうなのだから、なかは快適な暮らしを約束する設備がたくさんほどこしてあるのだろう。

配達用のバンをたくみに運転して、砂利を敷いた車寄せに乗り入れながら、ビクトリアは目のまえの家に心を奪われた。こんな家の持ち主になってみたいといつも夢見ていた。だが、夢を見るだけならお金はかからない。これくらいの家だと五〇万ドル近くはするだろう。

アントニー・ダーシーにかぎらず、こんな家に住める人というのは、きっとお金の苦労など知らないにちがいない。人の財布の中身をあれこれ臆測《おくそく》するのは卑しいことだが、ビクトリアは好奇心を抑えきれなかった。彼の貴族的風貌《ふうぼう》には資産家の子息という感じがにじみ出ている。けれど、必要に迫られれば自分で道を切り開く能力も十分に備わっていそうだった。

ビクトリアの店まで乗ってきた派手なジャガーが停《と》まっている。ビクトリアはバンをそのうしろに回し、敷石の歩道になるべく近いところに停めて、車から降りた。

重たい鉢植えを運ぶのには慣れていたが、この新しい客に、勝手口からイチジクを入れるように言われなければいいが、と思った。鉢植えは包んであるので床を汚したりする心配はないけれど、うるさく言う客もなかにはいる。お金を払っているのだから文句を言って何が悪い、とでも思っているのだろうか。

ところが、アントニーはそんな心配は少しもしていないようすだった。バンのうしろのドアを開けようとしたとき、彼が玄関からあらわれて、手を貸そうとポーチを下りてこちらにやってきた。

店に来たときと同じ、ピンストライプのグレーのスラックスと白いワイシャツを着ている。ベストと上着、ネクタイはなかった。袖《そで》をまくり上げて、黒い毛におおわれたたくましい腕を出し、シャツのボタンをいくつかはずしていた。そこから毛深い胸がちらりとのぞいている。

店で見たときよりも若く見える。せいぜい三〇代前半といったところか。思わず目をみはるほど魅力的だった。いつもは沈着冷静なビクトリアも、一瞬息をするのも忘れて見とれた。

「ここがすぐわかりましたか?」アントニーはほがらかに言うと、バンから鉢植えを軽々と持ち上げて腋の下に抱えこんだ。ビクトリアはあわてて息を吸いこんだ。

力強い男性だとは思っていたが、これほどだとは思っていなかった。重たい陶器の鉢に植えられたイチジクはちょっとまえに水を差したばかりで、三五キロ近くはある。それを彼は羽根か何かのように軽々と抱え上げてしまった。

「え、ええ。あの、そんなことまでしていただかなくても……。台車がありますから」

アントニーの顔から微笑みが消え、あっけにとられた表情になった。「こんなことをきみにさせられると思うかい?」

「仕事ですから」

「いいじゃないか。さあ、なかに入って、これをどこに置いたらいいか考えてくれないか」

その言葉に従うしかなかった。アントニーが鉢植えを運び、ビクトリアはそのあとにつづいてポーチを上っていった。彫刻のほどこされた二重扉を抜けて、広々とした玄関ホールに入る。そこはまっ白の壁と赤いタイル張りの床でできていて、ムーア調の雰囲気がただよっていた。優しく吹き出ている噴水がそのムードをさらに強めている。

「まあ、すてき！　どこもこんな感じなのかしら？」あからさまに好奇心をさらけだすつもりはなかったが、なかを見て回りたいという衝動がビクトリアの心をいっぱいにした。いつもの悪い癖だ。人の家につい魅せられてしまう。わが家を持たずにずっと生きてきたせいだろうか。

「さあ、どうかな」アントニーは笑い、美しいトパーズ色の瞳でビクトリアをしげしげと見つめた。その熱い視線に、彼女は肌を出した黄色のサンドレスにするんじゃなかったと後悔した。ビクトリアの気まずい思いを知ってか、彼は軽い口調で言いそえた。「じつは二日まえに越してきたばかりなもので、まだ全部見てないいんだ。いっしょに見て回りませんか？」

たちまちビクトリアは、その思いがけない申し出にのってしまった。「喜んで。でも、パンくずでも落としながら歩かないと、迷ってしまいそうだわ」

「不動産屋が紹介してくれた家政婦がかなりおっかない人でね。週二日ここに来て、イギリスの言葉でいうところの仕えてくれることになってるんです。パンくずをまいたりしたら、それこそ彼女に嫌われてしまう」

まさかそんなこと、とビクトリアは思った。どんな女でも、彼の魅力にさからえるはずがない。

「こちらには長くいらっしゃる予定ですの？」ぶしつけに聞こえないように、気をつけながら、ビクトリアはたずねた。アントニーは噴水のそばに鉢植えを置いているところだった。そこだとイチジクも居心地よさそうに見える。

アントニーはからだを起こして、あの虎《とら》の目のように輝く瞳で彼女を見た。そこには何の表情も浮かんでいない。「さあ、まだわからない。事によれば……」

「事って？　お聞きしてもいいかしら」この人についてもっと知りたい。とつぜんわたしの人生にやってきて、こんなに不思議な気持ちにさせる彼。ビクトリアはいつもより饒《じょう》舌《ぜつ》になっていた。

「仕事の進みぐあいによるんです」アントニーは話題を変えてしまった。「ほんとうに家を見て回りたい？」

ビクトリアはうなずいた。

ふたりはいっしょに玄関ホールを抜け、石造りの大きな暖炉が目につく奥まったリビングルームに向かった。スライド式のガラスドア越しにみごとな景色が見える。磨きのかかったオーク材の床には東洋ふうのラグや、低い座り心地のよさそうな家具がところどころに置いてある。それらは部屋の広さと明るさを少しもそこねていない。

「こんなすばらしい家が見つかるなんて運のいい方ね」暖炉の上に掛かっている色あざや

かな抽象画を眺めながら、ビクトリアはつぶやいた。

「ここの持ち主はある出版社の幹部でね。離婚するらしくて、近々この家を売りに出す予定だとか」

「まあ。こんな家に住んでいながら、しあわせになれない人がいるなんて、わたしには想像できないわ」

アントニーはしばらく彼女を見つめてから、肩をすくめた。「最近は離婚する夫婦が多いんじゃないかな？」

「この界隈《かいわい》では半分ぐらいがそうなんですって。不動産屋の話では、家を売る人たちは離婚か転勤が主な理由らしいから、新築の家を建てたがる人が後をたたないのも、むりないかもしれないわね」

「あなたもそうなのかな？　新築の家に住んでるんですか？」

「わたし？　いいえ、その反対よ」ビクトリアは少したためらった。「わたしは店の二階に住んでます。以前は干し草小屋だったところを改築して」

アントニーの瞳がいつ軽蔑《けいべつ》の色を浮かべるかと、彼女は待ち受けた。きっと軽蔑されるわ。店の二階に住んでるだけでもひどい話なのに、干し草小屋ときては……。

ところが、アントニーはかすかにたのしそうな表情になった。「その話をもっと聞きたいところだけど、そのまえにワインでも一杯どうです？　冷蔵庫にシャルドネが冷やしてあるんだが」

ビクトリアはけっこうです、と口の先まで出かかった。お客とおつきあいするということはめったになかったし、仕事と私生活を混同するのは好きではなかった。とはいえ、彼はふいの客で、イチジクを一鉢買ってくれただけなのだし、実際、喉がかわいていた。

「ありがとう。喜んで」

ビクトリアは彼のあとについてキッチンに入っていった。他の部屋に劣らず、息をのむほどすばらしいキッチンだった。オーク材のキャビネットは、床やカウンター、壁をおおう白とブルーのタイルをみごとに引き立たせている。六連バーナーのレンジが一角を占め、そのそばにはハーブの咲き乱れる温室の窓があった。

「もしわたしがここの住人だったら」ビクトリアは心から言った。「仕事なんてとてもやってられないわ。始終部屋のなかをうろつき回ってるんじゃないかしら」

「では」アントニーは器用に白ワインのコルクを抜き、二個のグラスに注《つ》いだ。「ぼくよりは家庭的な人なんだな」

グラスの縁越しに彼と目が合って、ビクトリアは笑いださずにいられなかった。なるほど、彼がキッチンにいる姿なんてとても想像できない。これまでキッチンに足を踏み入れたことさえない感じだった。「家ではこんなこと、なさらないんでしょう?」ビクトリアは静かに聞いた。

「ああ、ほんの少し甘やかされてるものでね」と、彼は言いわけがましく言った。まるで小さな坊やが口にするような言い草だと自分でもわかっているらしい。

彼の仕草をわざとまねて、ビクトリアは片方の眉を持ち上げた。「ほんの少しですって？」

アントニーが挑むような笑みを送る。「しかたない、白状するとそれ以上かな。でも、中身はごくふつうの男ですよ」

「お仕置きが必要みたいね」

アントニーがくすくす笑う。「まいった。残りの部屋をご覧に入れましょうか？」

ビクトリアはいまになって迷った。いずれふたりはベッドルームにたどりつくだろう。こんな家だから、少なくとも四つか五つはベッドルームがあるにちがいない。そのなかのひとつはアントニーのもの。ビクトリアは彼の使っているベッドに近づくのに、ためらいを覚えた。

ワインをぼんやりと見つめながら、彼女は思った。たった二、三口すすっただけなのに、頭がくらくらしている。少し酔いが回ったような感じだった。

「どうかしましたか？」アントニーは心配そうにたずねた。しかし、わけ知り顔にこちらを見る視線から、彼女の戸惑いを見抜いているのは明らかだった。

「いえ、べつに。よろしければ、温室を見せていただけないかしら？」

「あなたの足がその方向に向くのはわかってましたよ。でも、がっかりするんじゃないかな。いまのところ、からっぽ同然だから」

実際にそのとおりだった。それにしても広々として設備もちゃんと整っている。きっとすばらしい菜園になるだろう。

「わかってらっしゃるかしら？　これなら自給自足の暮らしだって夢じゃないわ」

「それは一般論？　それともぼく個人にたいして言ってるのかい？」

「イギリスの方はみんな、庭いじりが得意だと思ってましたけど」

「もちろんですよ」誇らしげにアントニーは言った。「でも、なかにはそれをひけらかしたがらない者もいる」

「どんなたのしみを棒に振っているかご存じないのね」

アントニーは一歩近づいて、彼女に微笑みかけた。広い温室が急に、耐えがたいほど親密なものに感じられた。清潔でかすかに刺激的な彼のにおい、かたくて大きなからだのぬくもりを、ビクトリアは敏感に意識した。甘美な声で、アントニーが言う。「教えてもらえないかな」

ビクトリアは喉がつまり、あわてて息を吸いこんだ。「でも……、その、すごく込み入ったことだし、そんなにあわててやっても……、つまらないでしょう」

「確かにそうだ。紳士というものは決してあわてたりしない」

ビクトリアは深呼吸をして、会話の急な展開になんとかついていこうとした。「じゃ、あなたは紳士なのね」

「おしまいに疑問符がついてなくてよかった」

ビクトリアの口からそっと笑い声がもれた。たがいにわかりあえて、彼を避けなくてもすみそうだと知ってほっとした。男性に言い寄られた経験は少なくなかったが、これはそういうこととはわけがちがうような気がした。生まれつき疑い深く、本能的に相手を警戒してしまうにもかかわらず、彼に関しては拒めないかもしれない、という思いが心の奥深くに芽生えていた。

努めて気軽な口調を装いながら、ビクトリアは言った。「まあ、これっぽっちも疑ってませんわ。だって、あなたはまるで貴族を絵にかいたような方ですもの」

温室から二階に通じる鉄製の階段を、ビクトリアが先に上がれるように脇《わき》へよけながら、アントニーはおずおずと言った。「そんなにぼくは素性がばれやすいのかな。スモーキングジャケットと乗馬服は、たしか家に置いてきたはずなんだが」

「お住まいはどちら?」ふたりは温室の階上にたたずんでいた。三方には美しい湖の風景が開けている。もう一方は、広々としたベッドルームを仕切るガラス壁になっていた。

「たいていはロンドン住まいです」

「それ以外は?」

「ロンドンの郊外に家族の家があるのでたまにそちらに。イギリスに行かれたことは？」

ビクトリアは首を振った。「いいえ、アメリカより外には出たことがなくて」

「旅行はお好きじゃない？」

その世間知らずな問いかけは、ビクトリアの失笑を買った。「これまで旅行らしい旅行はしてないけど、旅行の醍醐味《だいごみ》は知ってるつもり。でも、暇とお金があっても、他にいろいろやることがあって、とても旅行まで手がまわらないのが実情かしら」

意外にも、アントニーは恥じ入った表情になった。「申しわけない。ばかなことを聞いてしまって」

「いいえ」ビクトリアは優しく言った。「そんなこと。ただ、あなたとわたしは住む世界がちがうってことですわ」たとえ、ふたりがそのへだたりを乗り越えようとしても、うまくいくかどうか疑問だ、という気持ちがその言葉の裏にこめられていた。

アントニーはしばらく口を閉ざして、彼女をじっと見つめていた。彼がどんな解釈をしたにせよ、不快なものではなかったらしく、柔和なまなざしに変わった。「どんなにちがうか聞いてびっくりってところかな。それはともかく、部屋の探索をつづけましょう」

どういうことだろう、とビクトリアは気になったが、いまはそれを問いただす時機ではないと思い、黙ってベッドルームに入っていった。あたりさわりのないほめ言葉を言って早く退散しなくては。

　ところが、そううまくはいかなかった。部屋は目をみはるばかりのすばらしさで、さながらアラビアンナイトの夢の世界だった。キングサイズのベッドがオーク材の床の中央の、一段高くなったところに据えられている。ベッドをすっぽり包む薄く透明なカーテンといい、高々と積み上げられたいまにもはちきれそうな枕《まくら》といい、ペルシャの王と彼の寵愛《ちょうあい》を受けるハーレムの女がいつあらわれてもいいような雰囲気だ。

　目を丸くしてベッドを見つめるビクトリアに、アントニーはにやりと笑った。「おおげさだと思わないかい?」

「そうね……、基本的なアイデアはすてきだと思うけど」ビクトリアは頭のなかに思い描いた。枕とカーテンを取って、まっ白で涼しげなシーツだけにしたらどうかしら。背後の温室といい、きっとすばらしい眠りを約束してくれるはず。「ただ、ちょっと凝りすぎたんじゃないかしら?」

「あのカーテンだろう? まだ掛かっていてよかったな」ビクトリアがけげんな顔をしたので、彼はそのわけを話した。「夜遅くここに着いたものでくたくただったんだ。ベッドにころがりこんだら、あのカーテンがまとわりついて、危うく引き裂いてしまうところだった。おかげで、ひと晩中、奇妙な夢にうなされて――」

「どんな夢か想像がつくわ」アントニーの投げかける視線に頬を赤らめて、ビクトリアは急いで廊下に出た。

残りの部屋もひとつひとつ見て回ったが、三室の予備のベッドルームはありがたいことに、どれもずっと簡素だった。大聖堂を思わせる天井のリビングルームには読書用のロフトがついていた。

三〇分後、ふたりは一階に下りて広々としたキッチンに戻っていた。そろそろおいとましなければ、とビクトリアは思った。「見物させていただいてどうもありがとう」それから、自分でも驚きながら、そっと言いそえる。「またお店にいらしてね」

彼女にとって、それは精いっぱいのほのめかしだった。アントニーが彼女をデートに誘うとすれば、いましかない。ところが彼は無頓着《むとんじゃく》に、「ぜひうかがいますよ」とそう言っただけだった。

ビクトリアは失望した。いいえ、ほっとするべきよ。もともとどんな男性ともかかわりたくなかったのだから。まして、行きずりの人なんか。

アントニーはビクトリアを玄関まで送り、彼女がバンに乗りこんで去っていくまでじっとたたずんでいた。ビクトリアはしっかりと道路に目をすえて、バックミラーに映る彼をふりかえりはしなかった。

もし、ビクトリアがふりかえっていれば、アントニーのくつろいだ表情がかたい決意の色に変わるのが見えただろう。そして、家のなかにあわてて駆けこむ姿も。

2

その夜、ビクトリアは何度もあの家での出来事を思い返していた。アントニーの態度はどうも不可解だった。彼女に女としての興味を抱いているのは確かだと思う瞬間があったとしても、すぐにはかり知れない壁がふたりのあいだをさえぎってしまう。

実際、アントニーの気持ちは複雑で矛盾に満ちているようだった。それがいっそうビクトリアの好奇心をかきたてる。人生のたのしみをすべて知りつくしているとしか思えない男性が、ひとりの女をまえにして戸惑うことなんかあるのだろうか。

真鍮《しんちゅう》のベッドはビクトリアが初めて買ったぜいたく品だった。そこに脚を組んで座り、髪を無意識にとかしながら、彼女は思った。もしかしたら、なんでもないことをことさらむずかしく考えているのかもしれない。

アントニーと自分は生まれも育ちもまるでちがう。そんなふたりがどんなに惹《ひ》かれあおうと、たがいの経験、感じ方などのへだたりを乗り越えてまでその気持ちをまっとうできることはない。自分は考えすぎなのかもしれない。

でも、ふたりのちがいはそれほど深刻なものではないと、彼は暗に言わなかったかしら？　ビクトリアはブラシを脇《わき》に置いてベッドからすべり下りると、大きな囲い窓のほうに歩いていった。以前納屋があった付近に、小さな池が見える。そこには毎年カモやガンがやってきて、卵を産む。満月が夜空にかかり、さわさわと揺れる柳の枝々を照らしている。

ほのかな悲しみのただよう微笑がビクトリアの口もとをよぎった。いまこの瞬間、アントニーが家の窓の外を眺めているとすれば、花をいっせいにつけた木々や湖の美しい景色が目に映っているのだろう。この狭いけれどなぜか心休まる景色とは雲泥の差の景色が。

心休まる。そう、そのとおりだ。孤独な少女時代の埋めあわせとなる満ちたりた安らかな暮らしを求めて、この何年間か必死にがんばってきた。

国の保護を受けた一三年間に、一八もの里親のあいだを渡り歩いた。あまりに多すぎて、その場所も人々もいまではぼんやりとしか思い出せない。

ある見方をすれば、自分は運がよかったともいえる。話に聞く恐ろしい虐待を受けたことは一度もなかった。法律で定めてあるとおり、きちんと食べさせてもらったし、寝る所も与えられ、学校にも通わせてもらった。だが、愛情を注がれたことはない。わずかながら、好いてくれる里親もいるにはいたが、多くはやっかい者である子どもの保護者として、単に義務を果たしているにすぎなかった。

やっかい者とはどんなものか、アントニーにわかるだろうか？　わかるはずがない。人生のつらさを知らずに生きてきた人間だから。彼には揺るぎない自信がある。ビクトリアにはそれがたまらない魅力だった。彼は自分自身、そして自分の人生を思うままに操ることができる。彼女もいつかそんなふうになりたいと願った。

かといって、なに不自由なく暮らせればいいというのでもなかった。最近、感じるのは……、何と名づけたらいいだろう？　フラストレーション？　いいえ、それほど激しいものではない。困惑とでも呼ぶのだろうか。

ほしいと思ったものはすでに手に入れた。けれどいったん手に入れてしまうと、今度はさらにほしくなる。それもまえと同じものではなく、なにか未知のものが。

ひっそりと闇《やみ》に包まれた池に目を凝らしながら、ビクトリアはふいに思い当たった。誰にもじゃまされない安息の地を得ることが人生の目的だと思ってきたけれど、それは単なる出発点にすぎないのかもしれない。

アントニーの自信、男らしさ、そして何かがビクトリアを目覚めさせた。それはここしばらく、彼女のなかに芽生えようとしていたものだった。二六歳にもなれば、仕事に精をだし、自分の城に閉じこもるだけでなく、人生をもっと豊かにしようと思いはじめるものだ。そのために、一か八《か》かに賭ける心がまえもできている。

でも、彼に賭けるのは？　ビクトリアの口もとからそっと苦笑がもれた。確かに冒険はしてもいいと思う。ただ、よりによって彼を選ぶなんて……。

　この何年か、魅力的な男性たちとつきあった。実業家、画家、作家……。けれどもアントニー以上に彼女の興味をかき立てた者はひとりもいなかった。

　彼は必ずしもハンサムというわけではない。そう呼ぶには少しいかつい感じだった。なのに人を魅了せずにはおかない、世慣れた男の魅力を備えている。政治家か営業マンタイプという感じだ。ただし、どこかの選挙に出馬するというのでもなく、昼間の話からすると、何かを売っているようすもない。

　だが、はたして自分に何が言えるだろう？　アメリカに着いたばかりで、豪華な家を借りているということ以外、彼については何ひとつわかっていないのに。あの家具付きの家にはいつまでいるかもわからない。だが、それならどうして鉢植えなんか買うのだろう。長く住もうという人ならともかく、ほんの一時の滞在者なら……。

　アントニーのことばかり考えている自分自身に当惑して、ビクトリアは頭を振った。だが、アントニーは純粋に彼女の興味を引いた、初めての男性だった。彼をもっとよく知りたい。どうしたらいいのかしら。

　ビクトリアはひんやりとしたシーツのあいだにすべりこみ、上から毛布を掛ける。彼はまた店に来ると言った。もし来なかったら？　そのときはこちらから出向くのよ。イチジクのぐあいはいかがって。

ところが、そんな訪問は必要なかった。翌日、ビクトリアが店を開けるのと同時に、アントニーが姿をあらわした。ジーンズとニットのシャツという格好の彼は、夢に出てきたときとまったく変わらず、すてきだった。

「イチジクひとつじゃ寂しいと思ったものでね」弁解がましくアントニーは言った。「あれに合うものといったら何がいいかな？」

「棕櫚《しゅろ》か、小鉢物ってところかしら」自分で何をしゃべっているのかうわの空で、ビクトリアは思いつくまま名をあげた。もとより、そんなことはどうでもいいらしく、アントニーは彼女の指差す鉢を見ようともせず、ビクトリアだけに視線を注いでいた。

着るものにもっと気をつかえばよかった、とビクトリアは思わずにいられなかった。天気予報では例年になく暖かい春の一日になるということだったので、彼女は迷わず白いショートパンツとそれに合うタンクトップを着ていた。店で会うのは常連の客だけだし、それでかまわないと思ったのだ。それとも、誰かを心待ちにしてわざとこんな大胆な格好をしたのだろうか？

ビクトリアは心のなかであれこれ考えていた。そのあいだにアントニーが熱心なまなざしで上から下までくまなく見回していることなど、気づくゆとりもなかった。アントニーのおだやかな声を聞いてはじめて、彼女はその視線に気づいた。

「きみの脚はじつにすばらしい。栄養のいきとどいた愛らしい仔馬《こうま》みたいだ」

ビクトリアの口がぽかんと開いた。「馬ですって？　わたしを馬と比べていらっしゃるの？　それはどうも！」

彼女の怒った口調に一瞬あっけにとられていたが、アントニーはすぐに気を取り直してにやりと笑った。「信じてもらえるかどうかわからないけど、馬のたとえをほめ言葉とるイギリス女性も多い。ぼくもそのつもりで言ったんだが」

「じゃ、どうぞご自由にお使いになって。でもわたしはまっぴらよ」

「まいったな。でだしからしくじったらしい。きみは馬が好きじゃないの？」

「とくに好きってわけじゃ。馬なんて無縁だったんですもの」

「それは困った。馬を知ってれば、ぼくが心からほめようとして言ったのがわかってもらえたのに」

ビクトリアは不思議そうに彼を見た。心からあやまっているらしい。もっとも、口もとがかすかに引きつってはいるけれど。ビクトリアはふとかわいそうになり、口もとをほころばせた。「あなたは、お国を売りこむのにやっきになっているイギリスのビジネスマン？」

「そんなに見えすいてたかな？　じつはぼくも例にもれず、ビジネスマンとしては最悪なんだ」

「どんなビジネス？」枯れたシダの葉を一枚摘みながらビクトリアは返事を待った。

アントニーは間髪を入れずに答えた。「おもに貿易を」

「それにもいろいろあると思うけど」

「会社自体がいろいろと幅広くやっているから」

べつに嘘《うそ》ではなさそうだった。しかし、もっと多くのことを隠しているような気がしてならない。彼も自分と同様、私生活を守る権利があるとわかっていても、ビクトリアの胸にはわだかまりが残った。話題を変えたほうがいいかもしれない。

「イチジクについてですけど……」

「すてきにはちがいないけど、あれひとつでは少しものたりない気がしてね」

「シロガスリソウなんかどうかしら」

アントニーはまじめな顔つきでその鉢を見た。「手入れがたいへんなのかな」

「放っといてもだいじょうぶ」

「それはいい。いただこう。それとあれも」英国ふうのツタが垂れている鉢植えを指差す。

ビクトリアは売上げ伝票を書き、午後に届ける手はずを整えた。「配達員がまだ休んでいるんです」と説明する。

「それはたいへんだ。ほんとうにいいのかな、きみに届けてもらって？」

「かまいませんわ。ただ、店でやらなければならない仕事がたまっているので、六時でよろしいかしら？」

「もちろんけっこう。だけど、いつもそんな時間まで働いているの？」

ビクトリアは微笑《ほほえ》んだ。「自分で商売してると、決まった時間なんてありませんわ。やるべきことはやらなきゃならないし」

「なるほど……。では、がまんのついでに、ぼくと夕食をごいっしょしませんか？」

思いがけない誘いに驚いて、ビクトリアは一瞬ためらった。が、居心地のいいいまの暮らしから脱《ぬ》け出して、人生を豊かにしよう、という昨夜の決心を思い出し、思いきって答えた。「ええ、喜んで」

アントニーのトパーズ色の瞳が満足そうにきらめいた。「よかった。では、六時に」

それから間もなく、アントニーは店を出た。残されたビクトリアは不安になった。わたしの心を何から何まで、すっかりかき乱す男性と食事するなんて、はたして賢明なことだろうか。

ところが、それ以上は思い悩む暇などなかった。この日はまれに見るほど忙しい一日となり、ひっきりなしに客が訪れた。

トマトの苗木を植えたり、パンジーの種をまく時期がやってきた、と街中の人がとつぜん思い立ったような感じだった。五時にはビクトリアもくたくたになり、服も泥にまみれてしまった。その半面、気持ちのほうは朝よりずっとくつろいでいた。

アントニーが新たに買った鉢植えをバンにつめこむと、ビクトリアは二階に駆け上がってシャワーを浴び、着替えにかかった。何を着たらいいか、一瞬迷う。外で食事をするとも、家で食べるともアントニーは言わなかった。でも彼が料理をするなんてとても考えられない。

さいわい、このあたりでは、どんなに高いレストランでも気軽な雰囲気のところが多い。ブルーグリーンのスエードのスカートと、薄手の白のブラウスならどこでも通用するだろう。

髪をアップにしてみようか、とふと思ったがやめた。まえにも何度かやってみたけれど、ピンを刺しすぎて頭が痛くなるか、夜も半ばを過ぎるころには崩れてしまうのがおちだった。

上品で洗練されたディナーのおともを彼が望んでいるのなら、なにもこのわたしを誘いはしなかっただろう。肩をすくめながらビクトリアは思った。

クロゼットのドアの内側についている等身大の鏡が、中背のほっそりとした女性を映しだす。肩のあたりまで垂れた、まばゆいばかりのゴールドブラウンの髪。大きなブルーの瞳。いちだんとセクシーに見える唇。そして引きしまった顎。

からだつきはわれながら悪くないと思う。しいていえば、胸のふくらみが少々目立ちすぎるところか。が、そのぶん長い脚が目立たなくなっていい。アントニーの目に止まったように、彼女の脚は実際、仔馬のようだった。

ショルダーバッグを肩にかけると、ビクトリアは急いで階段を下り、外に出てバンに乗りこんだ。道はさいわいすいていた。彼女の車は曲がりくねった田舎道をぬってアントニーの家へ向かった。

家のまえに車を停《と》めたビクトリアは目を見張った。グリルがデッキに運びだされている。どうやら、自分で料理をするつもりらしい。これからてんてこまいするアントニーの姿を思い浮かべて、ビクトリアはにっこり笑った。

「たのしそうだね」彼女を出迎えて、アントニーが言った。目の前の彼を見て、ビクトリアはますます愉快になった。店で見たのと同じジーンズとニットシャツの上から、色あざやかなグリーンのビニールエプロンを掛けている。それは評判の輸入ビールの銘柄入りだった。

「あなたのほうはいかにも郊外に住んでる人って感じよ。まえにもこんな経験がおありじゃないかと思うくらい」

「どうして経験がないと思うの？」バンから大きな鉢を抱え上げると、アントニーは敷石を歩きはじめた。

ビクトリアはツタの鉢植えと持参のワインを手に、そのあとにつづいた。玄関ホールに入り、彼が鉢を下に降ろしたとき、ビクトリアの目の端になにかがちらっと映った。「そのわけはひとつ、グリルが燃えてるからよ」多少おおげさではあったが、確かにグリルから炎が、ちろちろと出ていた。

アントニーは口のなかで悪態をつくと、急いでデッキのほうに駆け寄った。「ひいた油が燃えたんだな。さて、どうしたら――」

「ふたをすればいいわ。待って！　素手でやっちゃ――！」遅かった。ふたはかぶせられ、炎も消えた。彼女の目のまえにいるアントニーは片手で片手をしっかりとつかみ、貴族的な顔には苦痛とくやしさの入り交じった表情が張りついている。

「よりによって」くいしばった歯のあいだからアントニーが言う。「これじゃ、ピアノが弾けなくなる」

「まあ、たいへん！」ビクトリアはあわてて彼をキッチンに連れていくと、流しのそばのスツールに座らせた。「さあ、指を蛇口の下に置いて。冷たい水をかければ痛みもやわらぐし、水ぶくれもできにくくなるわ」

アントニーは疑わしそうだったが、それでもすなおに言いつけに従った。そのあいだにビクトリアは冷蔵庫から手早く氷を出し、清潔なリネンのタオルにくるんで、火傷《やけど》を負った指に当てた。

傷の手当てにすっかり夢中になりすぎて、ビクトリアはふたりのからだが間近になっているのも、うつむいた彼女の頭をぼんやりと見つめるトパーズ色の瞳が奇妙な、それでいてうっとりした表情を浮かべているのにも気づかなかった。

「それほどひどくはなさそうよ」傷のぐあいを確かめながら、ビクトリアは彼にうけあった。「すぐにピアノも弾けるようになるわ」

アントニーは肩をすくめた。「弾けなくてもたいしたことじゃない。どっちみち、ぼくのピアノは聞くに耐えないいんだ」

ビクトリアは顔を上げた。危うく彼の顎にぶつかるところだった。ふたりの視線が合う。アントニーの瞳はたのしげなのにひきかえ、彼女は自意識過剰気味だった。「わたしをからかっただけなのね……、わたしったら……」

「気にしないで」アントニーは優しく言った。「きみはどちらかというときまじめな人なんだな」

ビクトリアは否定できなかった。これまでの彼女の人生が彼女をまじめにさせたのだ。ところが、アントニーの人生ときたら……。

「あなたのユーモアのセンスはどこか変わってるって言われたことはない？」

アントニーが明るくうなずく。「よちよち歩きのころから言われてきたよ。もっとも、きみのようにお世辞で言う人はあまりいなかったがね」臆面《おくめん》もなく、彼はつけ加えた。「自慢じゃないけど、乳母も校長先生も、召使も、それにかわいい娘を嫁に出そうとはりきったお母さん連中も、みんなぼくにはがっかりしたそうだ」

「まあ、そんなに大勢？」

「ほんとうを言うと、それでも少ないほうなんだが、なにせぼくは根が謙虚なものだからね」くすくす笑うビクトリアを見て、彼はにんまりした。「きみはものわかりが早いって言われたことはない？」

「そうね……、どうかしら。中学生のときに習った代数の先生なんか、わたしにはお手上げだったわ。それと、何人かの男の子に因縁をつけられたこともあるわ。少し鈍いんじゃないかって」

「ほう？」

「わたしが彼らの魅力にまるで気づかないからよ」ビクトリアは説明した。「そして、一足飛びに彼らとベッドをともにすべきだという理屈にちっとも耳を貸さなかったから」

まじめくさった顔つきでアントニーがうなずく。「確かにきみは跳ねっ返りじゃない」

「こんなに脚が長くても？」

アントニーは返事のかわりに、ゆっくりと優しい笑みを浮かべた。どんな言葉でも言い尽くせないものがそこにこめられていた。ビクトリアは胸をしめつけられた。

「夕食だけど……」

「また逃げ腰になる、ビクトリア」彼はそっとつぶやいた。

「えっ……？」

細い手がビクトリアの頬を撫《な》で、顎の下に指先を当てて顔を自分のほうに向けさせる。

「さっきも言ったとおり、きみは確かに跳ねっ返りじゃない。むしろ……、少しでも立ち入った話になると、逃げ腰になる」

「そんなことはないわ」

「そう、物理的にはね。きみはあとずさりひとつしない。でも、何かがきみの心を乱している。このぼくもそうだ」アントニーはかすかに指先に力をこめて、立ち上がった。「ただぼくの場合、それから逃げようとは思わない。きみはすてきな女性だ。きみのことをもっとよく知りたい」

不安なまなざしで彼を見上げながら、ビクトリアは不思議に思った。なぜわたしの性格をこうまでぴたりと言い当てるのだろう。そう、わたしは恐れている。その気持ちが表に出ないようにふるまったつもりでも、彼の目はごまかせなかったらしい。

「アントニー、わたしも……、わたしもあなたを知りたい。でも……」

アントニーはかがみこんで、どこまでも優しく唇を合わせた。自然に彼女の唇が開く。

「でも、何だい?」かすれた声でアントニーはつぶやく。「考えこむようなことは何もないはずだ」

たぶん、そのとおりだろう。ビクトリアの胸に揺らめく情熱の炎はまぶしく輝き、汚れひとつ知らない。全身全霊が彼に応《こた》えている。これほどひとりの男性を望んだことがあっただろうか。

アントニーのくちづけには抑えに抑えた激しい情熱が感じられた。彼の唇はひんやりと冷たく、相手の気持ちをなだめ、安心させようと努め、少しもむりじいしない。

気をもませるほど優しいくちづけは、どんな性急なものよりはるかに欲望をあおった。まるで長いまどろみから目覚め、彼の灯《とも》す明かりに引き寄せられていくみたいだ。そこに待ち受けているのは身を焼きつくすばかりのすさまじい炎だろうか。

たとえそうだとしても、ビクトリアはあとに引けなかった。鋼のようにたくましい腕がビクトリアの細い腰をつかみ、きつく抱き寄せる。彼女の口から低いうめき声がもれた。アントニーのからだに溶けこむ自分の柔らかいからだ、いまにもはじけそうな彼の欲望を物語る強い圧迫感を、ビクトリアはまざまざと意識した。そして何よりも彼女を圧倒したのは、アントニーの腕のなかで感じた安らぎだった。

アントニーが唇をさらに開かせ、小さな白い歯に沿って舌をそっと這《は》わせたときも、ビクトリアは拒まなかった。それどころか、彼の感触を心ゆくまで味わい、親密な愛の戯れに溺《おぼ》れ、その行きつく先に胸をときめかせた。

アントニーは胸の奥深くでうなった。彼女を抱く力強い腕がこきざみにふるえている。その反応に彼自身、驚いていた。かわいいビクトリアをもっと知りたい。それは偽らない気持ちだったが、これほど激しいものだとは自分でも思ってもみなかった。

この甘いひとときが長引くにつれて、アントニーの思考は止まり、自分の腕に抱かれているビクトリアのことと、彼女をどうしても得たいという気持ちしか頭になくなった。この瞬間、すべてを忘れて、狂おしいほどの欲望を彼女のなかに解き放つのはたやすいことだった。

しかし、身についた道徳観念が、アントニーのはやる心に歯止めをかけた。ここにやってきたのは、彼女を誘惑するためではない。いま、彼女を抱いてしまえば、これからの任務がひどく込み入ったものになってしまう。

持てる意志の力をふりしぼって、アントニーは自分を抑えた。ゆっくりと、うしろ髪を引かれる思いでくちづけを終え、そっとビクトリアのからだを引き離した。

催眠術を解かれた人のように、ビクトリアは呆然《ぼうぜん》と頭を振った。この出来事が自分でも信じられなかった。自分にこれほど激しい欲望がひそんでいたなんて。まして、知りあってから二四時間とたっていない男性に、そのはけ口を求めるなんて……。

満たされないままではあったけれど、アントニーが自然のなりゆきにまかせまいとしたことを、彼女はうれしく思った。

ビクトリアにとって、これはあまりに激しく、あまりにとうとつな出来事だった。荒れ狂う感情の正体を確かめ、変わろうとしている自分になじむためにも、もう少し時間がほしい。

アントニーの息は乱れ、日焼けした肌の高い頬骨のあたりがほんのり染まっている。鋭角的な顎の線に沿って、脈が激しく波打っている。両手をかたく握りしめていなければ、ついビクトリアのからだに触れてしまいそうだった。

かすれた声でアントニーがつぶやく。「どうやら気をまぎらさないといけないようだ」ビクトリアはふるえがちにそっと笑った。たったいま、彼があざやかにそれをやってのけたのを、どちらも知っている。めくるめく幸福感がビクトリアの全身に広がった。それは驚くほど新鮮な感覚だった。ふと世界が明るく輝きだし、未知の可能性に満ちたすばらしい未来が待ち受けているような……。

まれにしか訪れない貴重なひととき。あせってはいけない。一瞬一瞬を心ゆくまで味わってみたい。彼も同じ思いを抱いているような気がして、ビクトリアはうれしかった。

3

「最高にすばらしい食事だったわ」ビクトリアは満ち足りたようすで椅子《いす》にくつろいだ。炭焼きのステーキ、歯ごたえのある新鮮なサラダにベークドポテトの夕食は、とりたてて凝ったメニューではないけれど、味はばつぐんだった。これほどおいしく食事をしたことはなかった。

ビクトリアが持参したカベルネ・ソーヴィニョンのワインをついだグラスを手でもてあそびながら、アントニーはにやりとした。「きみは自画自賛しているようなものだよ。きみひとりで作ったんだからね」

「そんなこと。わたしは手伝っただけよ」

「ふうむ……。その逆だと思うけど、まあいいさ。このつぎはもっと勉強しておくよ」

このつぎ。なんていい響きの言葉だろう。ぜひもう一度、アントニーに会いたい。それもなるべく早く。

夕食をとりながら、ふたりは気ままに話をした。近所のようす、彼女の店のこと、彼のアンティーク趣味など。けれども自分のことはどちらもほとんど話さなかった。知りたいことが山ほどあるというのに。

アントニーがいいと言うのもきかないで、あと片づけを手伝った。そのあと、リビングルームの暖炉に火をおこそうと言う彼の提案にビクトリアは喜んで賛成した。あたりは冷えこんできたし、帰る時間を先に延ばすいい口実にもなった。

アントニーは、料理については何も知らないといってよかったが、火のおこし方は手ぎわがよかった。たちまち、薪《まき》はさかんに燃えだした。

からだを起こして手のほこりを払うと、アントニーはこちらに顔を向けた。暖炉のまえの背の低い寝椅子に丸くなっているビクトリアを見て、彼は思わず微笑《ほほえ》んだ。靴を放りだし、長い脚をふたつに折って膝をかかえている。ブルーグリーンのスエードスカートがほんの少し持ち上がって、すんなりした太腿のあたりがちらりとのぞいている。クリーム色のシルクのブラウスはオープンカラーになっていて、豊かな胸のふくらみをそれとなくにおわせている。

太陽の光をいっぱいにふくんだような、まばゆいばかりのライトブラウンの髪が少しほつれ気味に華奢《きやしや》な肩のまわりに垂れている。まぶたはかすかに閉じられ、アントニーにとって忘れることのできないあの甘い唇は濡《ぬ》れて柔らかそうだった。

彼女の隣に腰かけ、胸に抱き寄せて、夕食のまえにやり残したことをいますぐ始めたい。

アントニーはその思いにかられながらも、決して行動に移せない自分を知っていた。欲望に身をまかせたが最後、肝心の目的をすっかり忘れてしまう危険がある。

満たされぬ思いでため息をつき、アントニーは彫刻のほどこされたオーク材の扉のところまで歩いていった。扉を開けると、小さなバーがあらわれた。

「なにか飲まない？　ブランデーでも」

「いいわね。レコードを見せてもらっていいかしら？」

「どうぞ。ここの家主が残してくれたレコードコレクションはなかなかおもしろいよ」

ビクトリアはレコードをひととおり見て回った。デビッド・ボウイからバッハまでなんでもそろっている。彼女はドビュッシーのソナタ集を選んだ。寝椅子に戻ると、魂を揺さぶる音楽、上等なブランデー、そしてアントニーの存在に酔いしれた。

残念ながらアントニーは彼女の隣ではなく、向かい合わせに座った。長い脚を無造作に組み、くつろいだ格好をしている。が、ビクトリアの目はごまかせなかった。こちらに鋭い注意を向けているのが感じられる。

しばらくふたりとも黙っていた。そのうちアントニーが静かに話しかける。「もっときみのことを知りたいんだ、ビクトリア。きみ自身の話を聞かせてもらえないか？」

ビクトリアはためらった。彼に知ってもらいたいと思う半面、どこまで打ち明ければいいのかわからない。時間をかせぐために、ビクトリアはお決まりの自己紹介をした。「コネチカットで育ち、国立大学の夜間に通い、植物学を専攻。二年まえにフラワーショップをオープン。それからはずっと大忙しよ。でも、そのほうがたのしいわ」

アントニーがその短い身の上話で満足すると思ったらおおまちがいだった。ビクトリアから目をそらさずに、彼は聞いた。「生まれはどこ?」

恐れていたことを面と向かって聞かれて、ビクトリアは無意識に下唇を噛《か》んだ。そんな質問はいつもなら無視するのだが、今度ばかりはそうはいかないようだ。

ビクトリアの表情豊かな顔に当惑と迷いの色が浮かぶのを見て、アントニーは彼女をそこまで苦しめる自分がいまいましくなった。何の権利があって、この女性の人生に立ち入ったりするのだろう。思い出すのもつらい秘められた過去に彼女をつれ戻す権利が自分にあるというのか。

だが、他《ほか》にどうすることもできない。彼女の返事ひとつに多くのことがかかっているのだ。アントニーは心を鬼にしてじっと黙りこみ、ビクトリアにどんな言い逃れも通用しないことを態度で示した。

ようやくビクトリアは話しだした。「わたしにも……、わたしにもわからないの。五歳のときに、ニューヘブン孤児院に入ったということしか。役所でも調べてくれたけど、わたしの出身地も、わたしを置いていった人もわからずじまいなの」

ビクトリアの声は耳をそばだてていなければ聞こえないほど小さかった。が、その言葉のひとつひとつがアントニーの胸に響いた。彼女が真実を語っているのは彼にもよくわかっていた。彼自ら苦労して調べた結果もそれを証明している。しかし、ビクトリアが彼の捜している人物だという証拠はどこにもなかった。

アントニーはブランデーをひとくちすすってから言った。「自分で調べようとはしなかったのかい?」

ビクトリアの口からそっとかすれた吐息がもれた。「そのことは片時もわたしの頭から離れたことはないわ。街で通りすがりの人を見てはいつも思ったものよ。あの人がお母さんじゃないかしらって。里親を離れてから最初の二、三年は、わたしとどことなく似ていて、わたしの両親だとしてもおかしくない年格好の人たちと知りあう機会を必死に捜し求めたわ。いつかはわたしを知ってる人があらわれるんじゃないかと夢見てた」ビクトリアの声がかすかに低くなった。そんな夢もとうの昔に消えうせた、というように。「でも、知ってる人なんか誰もいやしなかった」

アントニーは速まる呼吸を抑えた。ブランデーグラスをつかむ指のつけ根が白くなっている。「それで、あきらめたのかい?」

「いいえ。ごく最近、探偵を雇って調べさせたわ。じつをいうと、きのうそこから手紙をもらったばかりなの。だめだったって書いてあったわ。手がかりは何ひとつないのよ」

「何もないって? 行方不明の子どもを捜す新聞広告の記録ぐらいありそうなものだが

になる。……。賞金とか……」アントニーはそこで言葉を切った。言いすぎたのではないかと不安

ビクトリアは肩をすくめた。この人はなにを考えているのだろう。「わたしが行方不明の子どもだなんて理屈に合わないわ。それどころか、わたしは故意に捨てられたのよ」

「両親に捨てられたと思っているのかい?」

ビクトリアは殴られでもしたかのように、視線を上げた。「他にどう考えようがあって? わたしが望まれない子どもだったのは明らかよ」

そんなことがあるものか、と口まで出かかったが、アントニーはやっとの思いでそれをこらえ、かわりに慰めの言葉をかけた。「すまない。きみを困らせるつもりはなかったんだ。つらい思いをしたんだろうね」

ビクトリアが何よりも嫌っているのは、人から哀れみを受けることだった。そんな気配がちらりと見えるだけでもいやだった。冷ややかな口調で彼女は言った。「わたしは月並みな苦労をしただけよ。その辺の人たちと少しも変わらないわ。それにちゃんとこうして立派にやってるわ。だから、同情なんてけっこうよ」

アントニーはブランデーグラスを目のまえのオーク材とガラスでできたテーブルに置いて、身を乗りだした。「ビクトリア……、気にさわったらごめんよ。でも、これだけは信じてほしい。きみを傷つけようなんて気は少しもなかったんだ」

その言葉は、彼女が注意深く張りめぐらした警戒の網を引き裂いて、心の琴線に触れた。それと同時に不安を覚え、ビクトリアはむりやり彼から目をそらした。頭の奥で声がする。さあ、立ってここを出ていくのよ。彼が何を言おうと、どんなつもりだろうと、わたしの心はすでに傷ついている。それもずたずたに。

ところが、そんな気持ちとはうらはらに、ビクトリアは立ち去ることができなかった。いまここを出ていけば、この胸をときめかせている新たな希望まで失ってしまう。

おびえた雌鹿《めじか》に話しかけるようにそっと、アントニーが言う。「きみの力になりたいんだ。お願いだ、ぼくに手伝わせてくれないか」

おちつきを取り戻そうと、ビクトリアはふるえがちに深々と息を吸いこんだ。「どんな力になれるっていうの？　いままで誰にもできなかったことなのに……」

「ときには見方を変えてみると、思わぬ結果が得られるかもしれないよ」それが答としてふさわしくないばかりか、わざと誤解を招くようなものだと知りながら、アントニーは言った。他に答えようがなかったのだ。

ビクトリアはいままで部屋のすみに向けていた視線をようやく彼のほうに戻した。すると、静かで心配そうなまなざしが注がれていた。

「どうして深入りしたがるの？　わたしたちはまだ出会ったばかりなのに」

「それはそうだが、きみは……、きみはもう、ぼくの大切な人になってしまった。そんなきみが傷つく姿を見たくないんだ。だからなんとしても力になりたい。それがむりだとしても、せめてやるだけはやってみたいんだ」

彼の話はいちおう筋が通っている。でも、いったい何ができるというのだろう。仕事で立ち寄っただけの異国の人に。

そんな疑問がビクトリアの顔にまざまざとあらわれたらしく、アントニーは静かな声で言った。「手初めとして、きみの覚えていることをひとつ残らず話してはどうかな。名前、場所、ふと心に浮かぶ光景……」

「覚えてないの。だからよけいやっかいなのよ」打ち明ける重荷に耐えかねたように、彼女の頭が細い肩に傾く。「何かが……、わたしの身に起きたらしいの。記憶を失わせる何かが。少なくとも孤児院の人たちはそう思ったみたい」

アントニーの瞳の奥深くに、きらりと光るものがあった。「孤児院に来るまえの記憶はすっかりなくなってるの?」

「そんなに珍しいことでもないわ。何かショックを受けたりした場合はとくに……」

彼女の言葉にあいまいなものをかぎつけて、アントニーはさらに強く促した。「それにしてもなにか覚えてるだろう。声とか、言葉とか、きみ自身、何だかわからないイメージとか」

ビクトリアは言おうかどうしようかと迷い、自然と呼吸が速まった。警戒心から口を閉ざそうとする半面、この秘められた人生の一部分をついに誰かと分かちあえるという思いが胸にこみあげる。それはどんな警戒心も寄せつけなかった。

それまで膝の上でせわしげに動いていた彼女の細い指が、ぴたりと止まった。ささやきともつかぬひそやかな声で、ビクトリアは話しだした。「あるわ。幻のようなものが……。昔からつきまとって離れないの。でも、それを孤児院の人たちに話したら、夢だって言われたわ」

「話してくれ」静かな室内に緊迫した声が響く。ドビュッシーのソナタはとうに終わり、聞こえてくるのはふたりの息づかいと、獲物を求めて遠くで鳴いているふくろうの声だけだ。

ビクトリアは目を閉じた。まぶたの奥にふとあらわれた光景を追い払うことができず、おずおずとそれに見入った。そっとつぶやく。「……何かバルコニーかテラスのようなところに立っていて……、大理石でできてるの……」

「つづけて」アントニーが静かに促した。

その言葉に勇気づけられて、ビクトリアはふたたび話した。「とても大きいの……。両側に果てしなく広がっているみたい。大理石の手すりのあいだから、川につづく美しい芝生が見えるわ」

はるか遠くから呼びかけるように、アントニーがその先をたずねた。「芝生にはなにか目につくものがある?」

心のどこかでビクトリアは不思議に思った。どうしてかしら、まるで知っているようなくちぶりだわ。「まだらの仔馬《こうま》が一頭と、その横には男の人……、手綱を握ってるわ。もうひとり男の人がいて、優しい声でわたしに言うの。この仔馬はおまえのだよって」

その光景がまぶたから消えると同時に、ビクトリアの声もとぎれた。

ためらいがちに目を開けると、アントニーの熱心なまなざしがすぐそばにあった。急にとまどいを覚えて、声をふるわせながら笑う。「ごめんなさい。こんなに夢中になるつもりじゃなかったんだけど。ただ、目のまえに浮かんだ光景が……、あまりになまなましかったから」

アントニーはうなずいたが、彼は何も理解していないように思えた。幼心にそんなたわいのない夢に逃れざるをえなかった事情を、彼は少しも思いやろうとしていないように見える。かたく口を結び、拳《こぶし》をにぎりしめている。

「このことは話したんだね、孤児院の人たちに。それなのに誰もきみの言うことを気にとめなかったのかい?」

アントニーは明らかに怒っていた。彼女は意外な反応にとまどいながら、首を横に振った。「なぜあの人たちが気にとめなくちゃいけないの? これは、わたしが映画かテレビで見た一場面だと思うわ。きっとそうよ。わたしとは何の関係もないことよ。そうにちがいないわ」

「なぜそうとわかる？　なぜ孤児院の人たちにそれがわかるんだ？」

アントニーは急に立ち上がると、暖炉のそばまで歩いていった。ビクトリアに背中を向け、かたく握りしめた拳をマントルピースの上に置いている。指が引きつったように開いたり閉じたりしているのを見て、ビクトリアはしだいに不安になった。

「無責任にもほどが――」アントニーは声を荒らげて口走ったが、彼女がいるのを不意に思い出したのか、途中で言葉を切った。ふりかえりざま、ビクトリアの蒼白《そうはく》な張りつめた顔を見て、深々とため息をついた。

アントニーは部屋を横切って、ビクトリアの隣に座り、彼女の手を自分の両手に包みこんだ。ビクトリアは手を引こうとしたが、彼はどうしても放そうとしなかった。張りつめ、おびえている彼女のからだを抱き寄せると、アントニーは子どもをあやすように優しく揺らした。

「きみにはあやまりっぱなしだな」ビクトリアの髪にかすれた声でささやきかける。「スタートからこんなことじゃ、この先いい関係を築いていけるわけがない」

「そうなの……？　わたしたちはこれで終わりじゃないの？」

アントニーがそっと笑った。喉を鳴らす低い声がビクトリアの頬に伝わる。「そうならなければいいと思うよ」それからこう言いたした。「ぼくらが赤の他人のまま終わるとしたら、きみはこのぼくに打ち明けたりしなかっただろう。いままで誰にも言わずにいたことを」ビクトリアの頭をそっとうしろに反らせた。彼はその顔を両手に包み、まつげを濡らしている涙を親指で拭《ふ》き取った。「ビクトリア……、ぼくを怖がらないでくれ。きみを傷つけるようなまねはもう二度としない。約束する」

アントニーの心からの訴えを、ビクトリアはなんとか退けようとした。苦い経験から学んだ警戒心が心の底までしみこんでいて、アントニーをすっかり信じこむのは怖かった。

「そういわれても困るわ」ビクトリアはつぶやいた。この気持ちをどうかわかってほしい。「あなたについて知っていることといえば、ほんのわずかだけど……、これには何かわけがありそうな気がするわ。わたしにはよくわからない事情が」

アントニーはその答を言いたそうだった。そうでなくても、いちおうの説明はしたいようなようすだったが、彼の口からは何の言葉も出てこなかった。かわりに彼はビクトリアの顔を大きな手でそっと包んだまま、子どもを慰めるように髪を撫《な》でた。

いつしかビクトリアは彼にもたれかかっていた。アントニーの力強さをからだに感じていると、不思議と傷がいやされる。彼が自分に興味を抱く理由が何であれ、痛ましい過去を探ろうとする理由が何であれ、ビクトリアはこうして差しだされる安らぎのひとときに身をまかせたいという衝動を抑えきれなかった。

ひとりで生きていくしかなかった長い年月。人知れず流した涙。誰も答えてくれなかった不可解な謎《なぞ》。ビクトリアはすべてを忘れて彼に身をゆだねたかった。アントニーが唇を近づけると、長いあいだ眠っていた欲求が目を覚ました。そして、高まりゆく情熱の波が、疑惑という疑惑をビクトリアの心から追い払っていった。

4

翌日、ビクトリアはいつもより少し遅めに店を開けた。ゆうべはほとんど眠れず、やっと明け方になってから眠りについたのだった。眠ってからでさえ、からだはくつろげず、なんとも説明しがたい夢がつぎからつぎへとあらわれた。説明しがたいのではなく、自分から進んで意味をくみとろうとしなかっただけなのかもしれない。

もちろん、夢のほとんどはアントニーのことで占められていた。彼のたくましさ、優しさ、彼に感じるあふれるほどの欲望は、ビクトリアのこれまでの人生にない新鮮なものだった。それらをどう扱えばいいのか彼女にはわからなかった。もし、心の片すみにつきまとっていた疑惑さえなかったら――。おそらく、昨夜はずっとちがう結果になっただろう。

窓を開けたりして、開店の準備をしながらビクトリアは思った。彼の腕の中で迎える朝はどんな感じかしら。恋人同士の親密なひとときをともにして、少なくともそのあいだだけは孤独を忘れられるとしたら……。

現実には、こうしてひとりのベッドで目覚め、ふたりのあいだに起きたこと、そして起きなかったことをあれこれ思い悩んでいる始末だ。

朝の清らかな光を浴びていると、昨夜彼と結ばれそうになったのがまるで嘘《うそ》のように思える。彼の手で解き放たれた炎のような情熱に比べれば、持ちまえの慎重さなどないも同然だった。

あのときビクトリアの頭からはすべてが消えうせた。警戒心も、自分を守ろうとする本能も、とうぜん予想される結果も。あるのはただ、身も心も満たされたいという思いだけ。ところがアントニーはそうではなかった。愛しあうのを途中でそっとやめたのは彼だった。きみは疲れているし、緊張してもいる。そんなときに、ふたりの大切な第一歩を踏みだすのはよくないと、自分の気持ちを抑えてさとしてくれた。

どんなときにも紳士的な彼！

しかし、やはり彼の心づかいに感謝しなければ。そう思う一方、必死に自制心を働かせようとした彼のけなげな姿にビクトリアの心はなごんだ。彼女よりもいっそう苦しみを味わっているのがわかって、ひそかな満足さえ覚える。アントニーにしても、昨夜はさぞ寝苦しかったことだろう。

今夜また、アントニーに会う。どんな顔をしてあらわれるかしら。そう、今夜は彼が迎えに来てくれる。ビクトリアはそれまでの時間をひどく長く感じるだろうと思っていた。

しかし、実際はそうでもなかった。きのうと変わらないほど忙しい一日で、気がついたときにはもう閉店の時間だった。ビクトリアはレジの横の山のような売上げ伝票を見た。帳簿づけはいうに及ばず、役所のあちこちに提出しなければならない書類が山ほどたまっているのをちらりと思い出す。

いつもなら、そんなめんどうくさい作業も几帳面《きちょうめん》にやるのに、いまの彼女は考えるだけでもぞっとした。この胸のときめきが静まらないうちは、腰をすえて仕事ができそうもない。

それはともかく、いまは時間に間にあうよう身支度をする必要があった。鼻歌まじりに、ビクトリアはシャワーを浴び、着替えをした。選んだのはラベンダー色の淡いプリント模様のシルクドレス。それを着ると、自分がいつも以上に女らしく魅力的に思えてくる。今夜、アントニーもそう思ってくれるだろうか。

鏡のまえに立ち、薄くメーキャップをほどこしながら、彼女はアントニーの言葉を思い返していた。ぼくを信じてほしいと訴え、二度と傷つけないと約束してくれた彼。

昨夜、自分を抑えることで、彼はそれが嘘ではないことを身をもって証明してくれた。彼が欲望のままにふるまっていれば、ビクトリアにはとうてい拒みきれなかっただろう。

正直なところ、拒もうという気さえなかった。なのに、彼はそれにつけこむこともなく、ビクトリアを欲望から守ってくれた。

まるで中世の騎士みたいだわ。その考えにビクトリアの口もとは自然とほころんだ。りっぱな馬にまたがって、嘆き苦しむ女を救いにいついかなるときも参上する騎士。ビクトリアのばあい、牙《きば》をむく竜は彼女の心のなかに巣くっている。幼いころから逆境のなかで味わってきた、さまざまな不安と恐怖がそうだ。

それから救ってくれる人がいると思うほど、ビクトリアは世間知らずではない。けれども、アントニーだけは力になってくれそうな気がする。彼のおかげで、これまでのひとりよがりな生き方から目が覚めた。それに、人生におけるつぎの大きな一歩を歩みはじめるまえに、退治しておかなければならない怪物がいることもわかった。

店のまえに近づいてくるジャガーの音を聞いて、ビクトリアはもの思いから覚めた。アントニーが車を停《と》めて、部屋に通じる短い階段を上ってくるころには、出かける用意ができていた。

「出かけるまえに一杯お飲みになる?」ドアを開けて彼を迎えながら、ビクトリアは聞いた。ダークブルーのスーツ、白いワイシャツに地味な色のネクタイ姿の彼はいつもながらすてきだった。額のV字形のはえぎわからうしろにとかした黒髪は、洗いたてでつややかな光を放っている。アフター・シェイブの白檀《びゃくだん》の香りがほのかにただよって、ビクトリアの鼻をくすぐった。

微笑《ほほえ》みを浮かべた輝く瞳と、ビクトリアの手を取る優雅な仕草、ごく自然な優しいくちづけといい、彼の何もかもがビクトリアの胸をときめかせた。

「いや、遠慮しとくよ」アントニーは言った。「七時に予約をしてあるからね。もう出かけたほうがいい」

「そう。じゃ、上着を取ってくるわ」

ビクトリアが手にした上着を受け取ると、アントニーは着せかけてくれた。ビクトリアは背後のドアを閉め、慎重にロックした。それからふたりで階段を下り、ジャガーのところまで歩いていった。

アントニーの運転は料理よりはるかにうまい、とビクトリアはすぐに思った。彼はコネチカット特有の曲がりくねった狭い道路を、制限スピード以下に落として慎重に運転した。それでいて、プロのレーサーでは、と思わせるほどの正確なハンドルさばきを見せた。

ビクトリアがそのことを口にすると、アントニーは驚いた顔つきでこちらを見た。

「そうなんだ。じつをいうと、レースにはよく出たよ。もっとも、数年まえにやめてしまったけど」

「なぜ?」

引きしまった顎の線がこわばった。ぽつりぽつりと、彼は話しだした。「ぼくの……、兄貴がレース中に事故で死んだものでね。それで、ぼくまで危ない目に遭うわけにはいかなくなったんだ」

「お気の毒に」ビクトリアはつぶやいた。あまりにそっけない受け答えだとは思うものの、他《ほか》に何と言えばいいか見当もつかなかった。家族と暮らした経験もなく、まして身内の者を失うといった悲劇にみまわれたこともない彼女は、すっかりまごついてしまった。

「兄のいない生活にもいくらかは慣れてきたよ」アントニーはそう言って、とまどう彼女を安心させた。「チャールズはよくできた男だったから、人を悲しませることだけはしたくなかっただろうな」

「仲がよかったのね？」

「そうならざるをえなかったね。なんといってもひとつちがいの兄だったから」アントニーはふっと笑い声をもらした。「両親はぼくらのことを、〝厄介者二人組〟って呼んでたよ。家の者にとってはそんなものじゃすまなかったけどね」

家の者とは召使たちのことを指すにちがいないとビクトリアは思った。自分に仕えてくれる人間のいる家で育つのはどんな感じなのだろう。彼女はそういう暮らしを頭に描きながら聞いた。「お宅はずいぶん広いんでしょうね」

「ロンドン郊外にある家はね。建ったのは一七九七年だが、ノルマン朝時代にまでさかのぼる古い家屋も混じってるよ」

屋敷の壮大な姿がビクトリアの頭のなかをよぎった。大理石の柱、あたり一面の芝生、その先には百合《ゆり》の花に囲まれた湖、のんびりと泳ぎ回るブラックスワンの群れ。

ブラックスワン？　どこからそんな発想が生まれたのだろう？　ビクトリアは驚いて頭

を振った。われながら自分の想像力には驚いてしまう。小説家になったほうがいいのでは、と思うこともしばしばだった。

「すてきだわ。まるで映画の一場面のようね」

アントニーは苦笑した。「まったくだ。いまどき珍しいよ。もっとも子どものころは、それがふつうだと思ってたんだがね」

やがて車は、ロングアイランド海峡を一望に見渡せる有名なシーフードレストランの駐車場へすべりこんだ。ビクトリアはアントニーの手を借りて車から降りた。駆け寄ってきた若いボーイにアントニーがキーを渡す。「優しく扱ってくれよ」当てにはならないというように、彼はつぶやいた。

レストランに向かって歩いていると、エンジンの音とタイヤのきしむ音が聞こえてきた。アントニーはぎくりとしたが、さすがにうしろをふりかえるようなまねはしなかった。店内に入ると、ふたりは窓辺のテーブルに案内された。そこからは、停泊中のヨットが眺められる。

白ワインにオードブルの小海老《こえび》のカクテルをつまみながら、アントニーは彼の生いたちに関する質問に辛抱強く答えた。これまでのところ、ふたりの関係が期待どおりに進展していないのを実感し、ビクトリアの信用を取り戻すことがまず第一だと考えているらしかった。

「ぼくはハロー校に通った」彼は言った。「それが何世代にもわたってつづいているわが家のしきたりなんだ。それからオックスフォードのキングスカレッジに進んだ。専攻は経済学。そして、ハーバード大学に留学。それから、家族が経営する会社に入ったんだ」

「そんなに勉学に励んだわりには、ずいぶんお若いのね」

その質問に隠されたニュアンスを敏感に察して、アントニーは言った。「三三だよ」

ビクトリアの予想したとおりだった。年齢がはっきりすると、今度は結婚歴があるのかどうかが気になった。もしかしたら、結婚していないとはかぎらない。遠回しに彼女は言った。「わたしの知りあいで、三〇過ぎだと、たいていは結婚してるか、離婚してるかのどちらかだけど」

「ぼくはどちらにも属さないな」アントニーは淡々とした口調で言った。「きみは?」

「わたし?　いえ、結婚したことはないわ」

「それには何か特別な理由でも?」

ビクトリアは軽く肩をすくめた。「忙しすぎて、つきあう暇がない、そう言いたいんだけど、ほんとうはちがうの。昔から結婚にたいして慎重なのよ。人はあまり深く考えもせず、一足飛びに結婚してるみたいだけど、そのじつ、すごい決心がいると思うわ」

「そうだろうな」アントニーは同意した。「でも、いまは離婚しようと思えばいつでもできる世の中だし、十中八、九は離婚を前提に結婚してるんじゃないかな」

彼の言うとおりだ、とビクトリアは思った。「あなたが結婚しないのはどうして？」

「そうだな、やっぱりきみと同じで、早まった決断をしたくないからだと思うよ。ぼくにとって結婚とは永久につづくものでなくてはいけない。ぼくの個人的な好みだけではなく、家族にたいする責任があるからね。とても離婚なんて考えられないよ」

ビクトリアは複雑な気持ちでうなずいた。彼の考えにはまったく同感だとしても、人生にたいする彼の姿勢がいかにふつうの人たちとかけ離れているかを知ってあ然とした。ふたりの、相手にかける期待のちがいというより、立場のちがいを、まえにも増してまざまざと見せつけられる結果となった。

アントニーの話を聞けば聞くほど、彼が並みはずれて裕福な特権階級の子息だという確信はますます強まった。きっと彼とその一族はここ、アメリカにも数えきれないほどのビジネスや、社交上の知りあいがいるにちがいない。そうした人々は彼を大歓迎でもてなすことだろう。

それなのに、アントニーはこうしてフラワーショップで出会ったひとりの女と時を過ごしている。ふたりに共通のものといえば、たがいに激しく惹《ひ》かれあう心だけだというのに。

ビクトリアはなるべくなら考えたくない可能性に、あえて目を向けた。彼は滞在中の慰めを得るために、手ごろな女性を捜しているだけなのかもしれない。アントニーのように、洗練されていて優雅で自信にあふれた男性というものは、住む世界のちがうひとりの女を愛人にすることには何のためらいも感じないのかもしれない。決して深入りしようなどとは考えないものだ。

わたしはどうだろうか？　情事の相手で終わってもいいの？　彼は、わたしが心を寄せる最初で、ことによったら最後の男性になるかもしれないのに。あるいは、彼が一時的でない関係を求めているのだとしたら……。彼を見ていると、そんな気がしてならない。わたしに拒めるだろうか。身も心も彼を切なく求めているのに。

自分の弱い立場を痛感して、ビクトリアは本能的に身がまえた。揺れ動く気持ちをアントニーにだけはさとられたくない。顔には明るい微笑を浮かべ、ビクトリアは彼のことなど何とも思っていないという態度を必死に装った。

しかし、アントニーの目はごまかせなかった。彼女が矛盾した気持ちに苦しんでいるのを見抜き、おびえた心を何とかしてなごませたいと、心から願った。けれども、なごますどころか、波乱に富んだ彼女の人生をよけいにかき乱すようなことをこれからやらなければならない。

ビクトリアが苦心して築き上げた心安らかな世界はいままさに崩れようとしている。彼女にたとえ恨まれても、アントニーにはそうするより他になかった。せめて、ビクトリアに自分のことをよく知ってもらい、わずかでも彼女の信用が得られるようになってから、やるべきことをやりたかった。夕食のあいだ中、アントニーは彼女の気持ちをやわらげることだけを考えた。質問には喜んで答え、自分に関するおもしろいエピソードや、仕事で世界中を旅した経験を話してきかせ、自分が信用のおける人間だということを彼女に納得させようと努力した。

レストランを出るまでに、そうした努力が実を結んだかどうか、アントニーにはわからなかった。ただ、せめてもの救いは彼女が帰りの車のなかでまえよりもくつろいでいることだった。察するに、とうぶんは疑念や迷いをすみに押しやり、時間をかけてふたりの関係をはぐくもうとしているらしいように思われた。

事実、ビクトリアはそう決心していた。たったいまふたりで分かちあったひとときを通して、彼にたいしてただの欲望だけでなく、強い好奇心を抱いていることがいっそうはっきりしたのだった。

彼は知性も感受性もともに豊かで、男性一般にありがちな頼りなさや子どもっぽい甘えはどこにも見られない。

自分の居場所を求めなくてはとか、自分自身を見出《みいだ》さなくてはといった、甘ったるいアイデンティティの問題に悩むところなど、みじんもなかった。自分の置かれている状況をすなおに受け入れ、自分自身を知っていた。

彼は名誉と義務を重んじる男性だ。それが生まれつきなのか、あとから身についたものなのか、あるいはその両方なのかはわからない。実際、自分の住む世界によくなじんでいる。自分がどこから来たのかもわからないビクトリアにとって、そんな境遇にある彼がうらやましかった。

ビクトリアの家に帰り着くと、アントニーは彼女について階段を上がった。彼女は一瞬ためらったが、彼を部屋に入れた。どちらも口にはしなかったけれど、自分を信用してほしい、というこのまえの言葉を、アントニー自ら忘れるはずがなかった。

ふたりで食事をともにしたあと、彼女は危険を承知で彼を自宅へ招こうと思うようになった。

ドアのロックを外しながら、彼はこの部屋をどう思うだろう、と心配になる。

ビクトリア自身が造りかえた、広々として居心地のいいロフトは彼女の自慢だった。はたして、アントニーもそんなふうに見てくれるだろうか。裕福な環境に育った彼の目から見れば、編んだラグがあちこちに敷いてあるだけのオーク材の床や、たくさんの鉢植えのあいだに置いてあるシンプルなアーリーアメリカン調の家具類は野暮ったいだけかもしれない。

壁に掛かっている手のこんだアートワークを彼が何と思うか、ビクトリアには想像もつかなかった。壁には木製の古い居酒屋の看板と、彼女が自分で作った抽象的な模様のキルティング、そして教会のバザーで見つけたアンティークレースのパッチワークが隣りあわせに飾ってある。

アントニーは好奇心を隠そうともせず、ドアのすぐそばにたたずんで、部屋のようすにじっと見入っていた。部屋をとりまく低い棚に並んでいる本、質はいいが凝ってはいないステレオセットに収められたレコード、屏風《びょうぶ》ふうの仕切りの奥からちらりとのぞいて見える真鍮《しんちゅう》の四柱式ベッドまで、何ひとつ見落とさなかった。

この部屋はビクトリア自身をよく物語っている。彼女の想像力、独創性、おおらかさ、温かさ、ユーモアの心までがここから伝わってくるようだ。アントニーは見るものすべてが気に入った。

彼が部屋のなかを見ているうちに、ビクトリアはコーヒーをいれるわ、とつぶやいてキッチンに向かった。

キッチンには、ハーブの鉢植えや、色あざやかな黄色の陶器類と手編みの籠《かご》が、キャビネットの上にたくさん置かれてある。それらが、ガラスのドアごしにアントニーの目に入った。

「すてきな部屋だね」アントニーの静かな声。「まさにわが家って感じだ」

ビクトリアは急いで目を上げた。彼が本気で言っているのかどうか確かめたかった。そうとわかると、彼女は微笑んだ。「ありがとう。実際に自分の家を持ったのはこれが初めてだから、わたしには大切な場所なの」

アントニーの顔に苦痛の色がよぎった。コーヒーを注《つ》いでいる彼女はそれに気づかなかった。哀れみとも受け取られかねないどんな言葉や仕草も、ビクトリアの反発を招くのが目に見えていたので、アントニーは胸にわいた感情を急いで引っこめた。

ビクトリアはコーヒーカップを、アントニーは彼女のお手製のバタースコッチ風味のチョコレート菓子を持ってリビングルームに戻った。池が見渡せる窓に面した背の低いソファに、ふたりは腰を下ろした。

しばらくはどちらもたわいない話しかしなかった。きょう一日のこと、ふたりで行ったレストランの感想。アントニーが甘党だということ。ビクトリアは好きなお菓子作りも、忙しくてめったにできない、と話した。

ふたりの会話は少しずつ深刻な内容に変わっていった。やがて、ビクトリアが昨夜打ち明けたことに話が戻ろうとしていた。いずれ話さなくてはいけない、と思いながらも、アントニーは何と切り出せばいいのか自信がなかった。そこで慎重に言葉を選んだ。

「ビクトリア……、きのうの話では、ぼくに説明してくれた例の光景以外、何ひとつ子どものころのことは思い出せないってことだったね。そんなふうにして過去と切り離されてしまうのがどんなものか、ぼくもあれからずいぶん考えさせられた。きみが誰なのか、手がかりになるようなものはぜんぜんないのかい？」

アントニーの話しぶりがあまりに優しかったので、ビクトリアはその質問を無視する気になれなかった。不愉快にもならなかった。それどころか、聞かれたことで肩の荷が下りたような気がした。いままでずっと、自分ひとりで出生にまつわる謎《なぞ》と取り組んできたけれど、そろそろ誰かの力を借りてもいいころなのかもしれない。

「あなたに……、あなたに見せたいものがあるの」ビクトリアは思いきって言った。「そのほうがずっとわかりやすいと思うわ」クロゼットまで行き、いちばん上の棚から小さな箱を取り出した。そのようすをアントニーは黙って見守った。

彼の隣にふたたび腰を下ろすと、ビクトリアは説明した。「孤児院に預けられたときに、わたしが身につけていたものがこのなかに全部入っているの」手をかすかにふるわせながらふたを開け、なかの品物をひとつずつ取り出した。それらは彼女の身元を明かす手がかりとなるかもしれない唯一の証拠品だった。

数はそれほど多くなかった。ぼろぎれ同然の青いコットンのワンピース。ピンクのカーディガンセーター。はき古して踵のすり減った黒の革靴。白いソックス。白いコットンの下着。そして、片方の耳がない、うす汚れた小さなくまのぬいぐるみ。

静かな声でビクトリアは言った。「何か手がかりはないかと、何度も何度も引っぱりだしては調べてみたわ。でも何ひとつ見つからなかった。服にはラベルがついてないし、わざと取ってあるのかもしれないわ。靴はどこにでも売っているような平凡な形だし。このくまのぬいぐるみだって……」それを大事そうに取り上げる。「何も教えてくれなかった」

アントニーはそのぬいぐるみを彼女から受け取ると、大きな手のひらで包んだ。しばらく黙りこんでから、彼はたずねた。「これの出所をつきとめようとは思わなかった?」

アントニーの声がかすれているのに内心驚きながら、ビクトリアはうなずいた。「わかったのは、これがイギリスのぬいぐるみ工場で作られたものだということだけ。一九五〇年代後半から六〇年代初頭のものだそうよ。いったい、どうやってわたしの手に入ったのか見当もつかないわ」

ぬいぐるみを抱えたまま、アントニーは立ち上がって窓辺へ歩いていった。そこにたたずんで、いつまでも外の景色を見つめていた。ようやく静かな声で話しはじめる。「これは一九五九年の春、ロンドンにあるデパート、ハロッズで買ったものだ。グレネール侯爵に女の子が生まれたお祝いに」

ビクトリアは頭を振った。彼が何を言おうとしているのか彼女にはさっぱりわからなかった。「これと同じ型のぬいぐるみがそうだっていうの……?」

アントニーはふり返り、ビクトリアと顔を合わせた。瞳はかげり、不可解な表情をしている。

「ちがうよ、これがそうなんだ。どこをどうとってみても、偶然にしてはあまりにもできすぎている。これはまぎれもない事実だ。ぜったいに疑いようがない」

目がくらむほどの恐怖と耐えがたいほどの興奮が一度に襲いかかって、ビクトリアの心臓はいまにも止まりそうだった。高架線の上で立ちすくみ、はるか下の暗がりをこわごわとのぞきこむように、恐ろしさのあまり、まえへ踏みだすことも、あと戻りすることもできなかった。

ビクトリアの両手は膝の上できつく握られ、汗ばんでいた。青ざめた顔のこめかみのあたりが脈打っている。ビクトリアは大きく息を吸い、ありったけの勇気を奮い起こした。

「そ、その事実というのは何なの?」

アントニーは部屋の向こうから歩み寄って、ビクトリアの隣に腰かけた。目のまえのテーブルにそっとぬいぐるみを置くと、おちついた声で話しだした。

「きみが誰なのか、ぼくにはわかってるよ、ビクトリア。どうやらきみもそれを知るべき時が来たようだ」

5

いまから二二年まえ、米国の大統領が暗殺されたのと同じ日に、さるイギリス貴族のひと粒種だった娘が誘拐された。

当時、娘は四歳だった。明るくて愛らしい娘は両親の愛を一身に受け、祖父からは目に入れても痛くないほどかわいがられていた。

身代金の要求がつきつけられたとき、支払いは即座に行なわれた。百万ポンドといえども、愛《いと》しい娘の命に比べればはした金にすぎなかった。

幾日かが過ぎ、そして数週間が過ぎた。犯人からは何の音沙汰《おとさた》もなかった。ロンドン警視庁がこの事件に乗りだし、ついで国際警察《インターポール》が捜査を開始した。その結果、世界中の警察組織と連絡が取れるようになった。

マスコミはこの誘拐事件をいっせいに取りあげ、派手な見出しとともに世間を騒がせた。『伯爵の孫娘、生命が危ぶまれる』というのが、当時の新聞紙上をもっともにぎわした見出しである。また『青ざめる貴族』とも書きたてられた。

有名な飛行士、リンドバーグの息子の誘拐事件以来、子どもの失踪《しっそう》がこれほど世間の注目を集めたことはなかった。人々はひっきりなしにこの事件を取り沙汰した。事件発生から何カ月がたっても、イギリス内外でいちばんよく噂《うわさ》にのぼる話題となった。

やがて身代金のほとんどが、警察当局では恐喝、窃盗の常習犯として知られる男の身辺で見つかった。困難をきわめたこの事件もついに解決するのではないかと希望がもたれた。しかし、警察の執拗《しつよう》な追跡をもってしても、事態は少しも進展しなかった。子どもの安否は依然として不明のままだった。

娘が姿を消してから一年後、悲嘆にくれた両親は飛行機事故で死亡した。そこで娘の身内は祖父のヘレフォード伯爵ただひとりになった。伯爵はイギリス貴族のなかでももっとも高貴な、由緒正しい人物で、いまや彼だけが行方の知れない孫娘をしのんで嘆き悲しみ、必ず見つけだすという信念のもとに捜索をつづけていた。

「この二〇年」アントニーは静かに話をつづけた。「伯爵は、世界一優秀な探偵を雇い、何千、何万ポンドという金をつぎこんで無数の手がかりを追ってきた。ただ、孫娘を捜しだしたい一心で。警察当局にこれ以上見込みはないと言われたときでさえ、伯爵はあきらめなかった。孫娘の行方をつきとめることで伯爵の頭のなかはいっぱいだし、彼の人生はそのためにあるといってもいい。あの子は死んでいない、といまでも言いつづけている。どれだけ時間がかかろうと、必ず連れ戻すとかたく心に決めているんだ」

ビクトリアは青ざめながらも、表面はおちついて話を聞いていた。心のなかで叫ぶ声がする。こんなことが実際に起こるわけがない、たとえ事実だとしても関係ない、わたしとは縁もゆかりもないのだから、と。

富と特権に恵まれた、伯爵の孫娘の数奇な運命に興味はわく。もちろん、身につまされるような悲しい物語にはちがいない。でも、主人公はわたしじゃない。

「でも、どうしてあなたがこれにかかわってるの?」長い沈黙の末に、ビクトリアはやっと聞いた。口がきけるのが自分でも不思議なくらいだ。しかも驚くほど冷静だった。

アントニーは目を細めてこちらを見た。彼女のおちついた態度にごまかされはしなかった。これまでの話が、彼女の心にどんな衝撃を与えたか、よく承知していた。

おだやかにアントニーは説明した。「ヘレフォード伯爵はぼくの父親代わりなんだ。ぼくときみの家は何世代にもわたって親交を結んできた。誘拐事件が起きたとき、ぼくは一歳だったけど、いまでもはっきりと覚えている。まるで世界がふたつに裂けたようだった」

〝きみの家〟という言葉はごく自然にアントニーの口をついて出た。ようやく保っていた彼女の自制心も、その言葉で砕け散った。

悲痛な声でビクトリアは叫んだ。「やめて! こんな話、もう聞きたくない。あなたは狂ってるわ!」

「ちがう」いつのまにかアントニーは手を差し出し、身をよじって逃げようとする彼女を抱きとめた。ビクトリアの細いからだは、抑えようのない疑惑の渦にのまれて、彼の腕のなかでふるえ、おののいた。

せっぱつまった声でアントニーが言う。

「ビクトリア、ぼくの言うことを聞くんだ。きみは伯爵の孫娘なんだ。それですべてのつじつまが合う。きみのあの思い出……、大理石のテラスが出てくる場面も夢なんかじゃない。現実にあるんだ。きみが初めて仔馬《こうま》をもらった日、ぼくもそこにいたんだ。きみの四歳の誕生日で、パーティが開かれた。きみのしあわせそうな顔を覚えて——」

「放してちょうだい！　お願い、あなたは誤解してるわ。わたしは誰からも望まれない子どもだったのよ！　ただの捨て子よ」

アントニーは荒々しく頭を振り、彼女を放そうとしなかった。「それはちがう。きみは心から愛されてたよ。きみがいなくなって、両親やお祖父《じい》さまだけじゃない、きみを知ってるみんながつらい思いをしたんだ。そうでなければ、こんなに年月がたったいまも捜し回ったりするもんか」

「あなたがやって来たのもそのためね？　あなた方の捜している娘さんがこのわたしだなんて気ちがいじみてるわ。でも、わたしじゃない！　わたしじゃないわ！」

たまらなくなって、ビクトリアは泣きだした。血の気のうせた頬を涙がぽろぽろとこぼれ落ち、サファイアブルーの瞳は悲しみをたたえた泉のようだった。アントニーはそっと声をひそめてわが身を呪《のろ》った。

ビクトリアのからだを優しく抱き上げて膝の上で揺らしながら、彼はいたわりの言葉をつぶやいた。たとえ何を言ったところで、彼女の味わう苦痛をやわらげることはできない。せめて、自分がそばにいることで、彼女の心細さを少しでもいやしてあげられたら、とアントニーはそれだけを願った。

ビクトリアは泣いた。そんな自分を叱《しか》りながらも、涙はとめどなく流れる。長いあいだ、胸の内に秘めてきたつらく悲しい思いがここにきて、一度にこみあげてきたかのようだった。

あてもなくさまよい歩いていた子どものころに戻ったみたいだ。というより、いまなお迷い子と変わらぬ自分を思ってビクトリアは泣いた。幼いころにあれこれと思い描いた、自分の生いたちに関する夢も年を追うごとに煙と消え、つらい現実のなかで思い知らされたのは、自分が天涯孤独な捨て子にすぎないということだった。

それがいま、こうして見ず知らずの男性があらわれ、意に反する気持ちを呼びさまし、輝かしい過去とこれから待ち受けている未来の幻影を目のまえでちらつかせている。

なんて残酷な人だろう。けれど、出会ってまもないとはいえ、彼が人の不幸をもてあそび、こんな悪ふざけをしかける人間にはとても見えない。それとも、彼にはこんな途方もない話を信じるほど、強い裏づけがあるのだろうか。

ビクトリアのすすり泣きはいつしかしゃっくりに変わり、ようやく静まった。アントニーは彼女を抱いたまま優しく揺らし、髪を撫《な》でながらおびえた子どもにささやきかけるようにして慰めの言葉をかけた。

ビクトリアはまさにおびえた子どものように泣いていた。それがようやく大人の女に戻ろうとしている。からだ中を駆け抜けるふるえはいまだに止まらなかったが、身を起こして、沈んだ顔でアントニーと目を合わせる。

「も、もう、だいじょうぶよ」

アントニーは腕を解かずに、そっと彼女をソファに降ろし、ポケットから取り出したハンカチを差し出した。

かすれた声で彼が言う。「ブランデーはあるかい？　おたがいその力を借りたほうがよさそうだ」

ビクトリアはうなずいて、壁ぎわのキャビネットを指差した。

ふたつのグラスに琥珀《こはく》色の液体をなみなみと注《つ》ぎながら、アントニーは言った。「すまない、ぼくの言い方がまずかった」

こちらに引き返してグラスを手渡す彼に、ビクトリアは涙の跡の残る顔を少しだけほころばせた。「しかたないわ。誰だってこんなことには慣れてないはずよ」

「それはそうだが、やはりぼくの言い方がいけないんだ」ビクトリアの隣に座ると、彼女の視線をとらえる。「どうか許してくれ」

ビクトリアはふと奇妙に思った。彼は何をあやまっているのだろう。さっきの出来事、それともこれから先のこと?

高ぶる神経をなんとか静めようとしながら、ビクトリアは言った。「なにもあやまることはないわ。ただのまちがいだったんでしょう?」

アントニーはため息をもらした。けっきょく自分は彼女の警戒心を解けないのか。ブランデーをひとくちすすってから彼は慎重な口ぶりで話した。「きみがそんなふうに感じるのはよくわかるよ。でも、それはちがう」ビクトリアが言い返さないうちに先を急いだ。「どうか、ぼくの話を最後まで聞いてくれ、ビクトリア。ぼくに頼めるのはそれだけだ」

ビクトリアはしかたなくうなずいた。アントニーが期待したほど心強い返事ではなかったが、それでも話しだすきっかけにはなった。

自分の言いぶんを裏づけるのに役立つどんな細かな点ももらすまいとして、彼はゆっくりと話を進めた。

「誰もがそうだけど、このぼくもヘレフォード伯爵の捜索はまず見込みがないとずっと思っていた。いまごろは死んでいるか、せいぜい手の届かない所に行ってしまったと考えるのがふつうだからね。ぼくは何度か伯爵の目を覚まさせようと試みた。あきらめるように説得したけど、伯爵はいつも首を振るばかりだった。今年で伯爵も七五歳だ。いままで生きながらえたのも、孫娘の死を認めまいとしてきたからだと思う」

アントニーはソファに背をもたせかけ、じっとブランデーに見入った。

「数カ月まえのことだけど、ぼくは伯爵にぜひ来てくれと言われた。行ってみると、伯爵はひどく興奮していて、自分を抑えかねてるようすだった。彼の話によると、依頼している探偵社のひとつが長年の調査の末にようやく一大発見をしたということだった。いままで回収されなかった身代金の一部であるポンド紙幣をつきとめたんだ。その金が最近、コネチカット銀行の窓口でドルと交換されたらしくてね」

ビクトリアはけげんそうに頭を振った。「それはおかしいわ。なぜいまごろになって紙幣の交換なんかするのかしら?」

「同じ疑問を探偵連中も抱いてね。お金の持ち主を追ううちに、コネチカット州、ブリッジポートに住む若い夫婦にたどりついた。どうやら、夫の母親というのが最近亡くなったらしくて、遺品のなかから以前に、母親の姉から託されたという小さなバッグが見つかった。紙幣はそのバッグに入っていたそうなんだ。もちろん、その男性はあまり話したがらなかったけど、探偵のほうもしつこくいさがった。そこで母親の姉という女性の身元が割れて、彼女が二〇年まえに住んでたのがニューヘブンだとわかった。そこで彼女の借りていた家をつきとめ、その付近にいまでも住んでいて彼女のことを覚えている人たちから話を聞きだしたんだ」

手がふるえだしたので、ビクトリアはブランデーをテーブルに置いた。これ以上聞きたくないと思いながらも、たずねずにはいられなかった。「それで、何がわかったの？」

「その女性の名は、ドロシー・カーマイケル。近所の人たちの話では、どう見ても犯罪者としか思えない男性とつながりがあったそうだ。それはイギリスなまりのごつい顔つきの男で、ある日、小さな女の子を連れてきたというんだ。少女は一年あまりその家で暮らした。そのうち男がつまらないいざこざで殺されて、女は家を出たらしい。少女もいっしょに連れていかれたのかどうかはっきりしなかった。そこで探偵は付近をあたってみた。すると、少女はニューヘブン孤児院に引き取られたことがわかった。きみの名前が浮かび上がったのもそれからなんだ」

「あの孤児院にいた子どもは大勢いるのに、よりによってわたしのことが話に出たのはどうしてなの？」

「それは」アントニーがおだやかに説明する。「この調べの際中に、きみも探偵を雇って独自に調べさせていたからだよ。孤児院に昔勤めていた人たちはそのために当時の記憶をよみがえらせていた。だから、伯爵に雇われた探偵が、二年まえ、そこに連れてこられた少女のことをたずねに来たとき、きみの話が自然と出たんだ」

「わたしの言ってることもそれでわかるでしょう」ビクトリアは口をはさんだ。「これはすべて偶然のなせるわざだって。昔の職員がわたしのことを思い出す機会がなかったら、これにわたしがまきこまれることもなかったはずよ」

「そうかもしれない」アントニーはすなおに認めた。「しかし、偶然かどうかは実際、どうでもいいんだ。探偵がきみのことを調べるうちにたどりついた事実から、きみが伯爵の孫娘だという可能性はきわめて高い」

「とんでもないわ！　わたしがありきたりの人間じゃないっていう証拠はどこにもないのよ」

「その反対だよ」アントニーが言い返す。「ぼくは伯爵の捜索を積極的に手伝う気はなかった。だけど、探偵の調査結果を聞いて、望みはありそうだと認めざるをえなかった。だからこうして伯爵のためにはるばる足を運んだんだ」

おちつこうと、ビクトリアは深呼吸をした。この気ちがいじみた妄想を彼の頭から追い払うすべはいまのところなさそうだった。

伯爵の思いこみをそのまま信じてはいなかったと口では言いながらも、彼がその老人を心から慕っているのは明らかだ。伯爵の代理で、あえてこの無謀な任務を引き受けたからには、そう簡単には引きさがらないだろう。

ビクトリアにできるのは、ひとつずつ彼の主張をくつがえして、彼女がイギリス貴族の血を引いているという考え自体がばかげていると認めさせる以外になかった。

じわじわとビクトリアは攻めた。「その探偵社はわたしのことを調べて、集めた情報を伯爵に提供したんでしょう?」アントニーがうなずくと、彼女はつづけた。「だったら、その内容を聞かせて。ひとつひとつ、順を追って。お願い」

「彼らの報告はこうだ。彼らはビクトリア・ロンバードという名の二六歳の女性をつきとめた。彼女は一九六四年、ドロシー・カーマイケルが街を出ていったのと同じころ、孤児院のまえに置き去りにされた。なぜそんな名前がついたのかとたずねると、〝ロンバード〟というのは、孤児院に引き取られたときに付き添っていたふたりの職員の名字を組み合わせたものということだった。それから、娘の服にとめてあったメモには、〝この子はビクトリアです〟と書かれていたそうだ」

ちょっと間をおいてから、アントニーは静かな口調でさらにつづけた。

「伯爵の孫娘の名前も、ビクトリアなんだ。彼女もライトブラウンの髪、ブルーの瞳をしていた。三歳のとき、屋敷のそばの林のなかでしばらく迷子になり、怖くて走り回るうちに、いつもそばにいるお気に入りのくまのぬいぐるみの耳が片方だけちぎれてしまった」

かすかに笑みを浮かべて、アントニーは言い添えた。

「きみを見た瞬間、伯爵の捜索もこれでようやく終わりそうだという気がしてならなかった。でも、それが確信にまで変わったのは、たったいま、あのくまのぬいぐるみを見てからだ。きみはあれを決してなくさなかった。きみが姿を消した日から、ずっといっしょにいたんだ」

ビクトリアはアントニーからテーブルの上のぬいぐるみに視線を移し、それからふたたび彼のほうを見た。いまの話をなんとかして打ち消したかったが、とてもむりだった。頭のなかを駆けめぐる反論の言葉は支離滅裂で、少しも意味をなさなかった。

この世の中に、ライトブラウンの髪とブルーの瞳をもつ女性は何百万人といる。くまのぬいぐるみを持っている者なんてざらにいる。孤児院で育てられた女の人も数え切れないほどだろう。そのなかで、わたしと同じ年ごろの人も何百人かはいることだろう。同じ名前の人だっているはずだ。

けれども、誘拐された伯爵の孫娘のために支払われた身代金の一部を所持していた女性とつながりのある者が、いったいどれだけいるだろう?

避けられない運命を目のまえにしたときの、あの重く息苦しい感覚がビクトリアを襲った。長いあいだ、胸のなかでふつふつとたぎっていた数々の疑問や謎《なぞ》が、いま、いっせいに噴き上げようとしていた。

目まぐるしいほどに多彩な幻影が目のまえにちらつく。誰なのかわからない顔。恐ろしい形相。愛しい表情。どこかはわからない場所。いますぐにでも逃げだしたい場所……。

希望、恐れ、拒絶。さまざまな感情が情け容赦なく襲いかかり、ただでさえ張りつめていた神経をうちのめそうとする。逃げたいのに逃げられない。どこにも逃げ場所がない。

自分の思考に苦しめられ、追いつめられる。その先には渦巻く暗黒の穴がぽっかりと口を開けて待ち受けていた。

ビクトリアはそのなかをぼんやりとのぞいた。何も見えない。恐怖も苦痛も感じない。あるのは漠とした忘却の喜びだけ。

鉛に押しつぶされるように全身が重くなり、下へ下へと引きずられていく。わずかに抵抗したが、やがてぐったりした。

そっと悲しげなため息をもらしながら、ビクトリアは暗黒の世界に身を投げ出し、うすれていく意識に喜びさえ感じていた。

6

意識を取り戻したとき、ビクトリアは真鍮《しんちゅう》のベッドに横になり、上からキルティングのベッドカバーを掛けられていた。かたわらにはアントニーがいて、彼女の手を握っている。当惑しきった顔で彼女はアントニーを見上げ、何が起きたのか、これまでの記憶を必死にたぐり寄せようとした。

初めのうちは、ただ彼がまるで絶望した人のようにうなだれ、ビクトリアの手を握るたくましい手が不自然なほど冷たく、かすかにふるえていることしかわからなかった。

なんて奇妙な光景なのだろう。いったい何が彼をこんなにも苦しめているのだろう。すると、記憶が一度に押し寄せて、ビクトリアは思わずうめいた。そのか細い声がアントニーの耳に届き、彼はあわてて顔を上げた。ふたりの目と目が合った。

「ビクトリア……、だいじょうぶかい?」

「ええ、もちろんよ、なぜ……?」ビクトリアの声がしぼんでいく。なんて頼りない声を出すのかしら。彼女は深呼吸をし、意を決したように話しだした。「ほんとうにわたしったら、どうかしてるわ。生まれて一度も、気を失ったことなんてなかったのに」

アントニーは沈んだ微笑を浮かべた。「気を失うほどの場面に出くわしたことがないからだろう」

「ショックといえばショックだったけど……」ビクトリアはカバーの下で居心地悪そうに身じろぎした。「アントニー……、あなたのしてくれた話、ほんとうに信じているの?」

アントニーはほんの少しためらってから、うなずいた。「少しでも疑わしいと思ったら、こんなにきみを驚かせたりしなかったよ」

ビクトリアがその意味を考えているあいだ、彼は注意深く彼女のようすを見守った。二、三分まえの青白い顔よりはいくらか赤みがさしている。肌にもぬくもりが感じられる。彼女はみるみるうちに気力を取り戻していった。

ビクトリアが倒れこんだときのいいようのない気持ちは、この先ずっと彼について回るだろう。とつぜん、あの細いからだから生命力がうせ、輝かしい精気が消えてしまった。そのときに彼の胸をえぐった恐怖の刃《やいば》は一生拭《ぬぐ》いきれないだろう。そして、この女性を守らなければ、という思いが心の奥底からこみあげてきたことも決して忘れはしないだろう。

そのような感情はアントニーにとってなじみのないものだった。いままでどんな恐怖感も抱いたことがなく、何かを守ろうとする気持ちは、自分の立場、責任に伴って生まれるものだと思っていた。初めは、出会って間もないひとりの女性にたいして、こんな気持ちが芽生えるはずがないとたかをくくっていた。

ところが、現にこうして彼女を胸に抱きしめ、慰めたくてたまらない。過去の苦しみをいやすだけでなく、未来に横たわるあらゆる危険から守ってやりたい。

アントニーはそういう感情に溺《おぼ》れることがいかに危険か、よく心得ていた。それがわからないほど愚かでも、浮ついた人間でもなかった。他人の人生を操ることは誰であろうと許されないのだ。たとえ、それが本人のためであっても。もし、自分にさしでがましいことができたとしても、ビクトリアが許さないだろう。いままでどんな苦しみを味わったにせよ、むしろそれだからこそ、彼女は強く生きてきた。これからも誰の手も借りずに自分の人生を生きていくだろう。

しかし、いまのアントニーには、彼女を守る以上に大切な任務があった。それをしっかりと頭にたたきこんでおかなくてはいけない。それは彼にとっては最重要事項だった。まず、何よりもそれを優先させなければ。だからといって、ビクトリアに同情や理解を示してはいけないということにはならない。また、ビクトリアがそれを受け入れられない理由もないはずだ。

「ブランデーをもう少し飲むかい？」アントニーは優しく聞いた。「それとも別のものがいいかな？」

先ほど飲んだ少量のブランデーがまだ彼女の胃に重たく残っていた。「お水のほうがいいわ」

アントニーが水を持ってくると、ビクトリアは言った。

「起きようかしら」彼のすぐそばでベッドに横たわっているのが気づまりでならなかった。瞳に宿る人恋しさを、アントニーにいつ気づかれるかとビクトリアは不安だった。万一、彼がその気持ちに応じでもしたら、自分はぜったい拒まないだろう。

アントニーにたいする思慕が、あの信じがたい事実を聞かされたいまも少しも衰えていないとわかって、ビクトリアは不思議だった。他の感情とはいっさい切り離されたものでもあるかのように、それはビクトリアの胸のなかにあかあかと灯《とも》っている。

ビクトリアにとっては意外ななりゆきだった。これまで、自分の身元にまつわる謎《なぞ》が人生のいちばん大きな関心事だった。何のまえぶれもなくそれが明らかにされようとしているいまになって、新たに大切なものが生まれるなんて……。

十分に体力が戻るまでベッドにいたほうがいいとアントニーは思ったが、強制するわけにもいかなかった。彼はビクトリアがキルティングのカバーの下からはい出して初めはおずおずと、それからしっかりと立ち上がるのを、そばでじっと見守るだけにとどめた。

「ほら」ビクトリアは言った。「平気でしょう」

アントニーは疑わしそうな目で見ていたが、何も言わなかった。ふたりはリビングルームに戻り、ビクトリアはソファに腰かけた。アントニーはキッチンに行って、もう一杯コップに水をついできた。戻ってみると、彼女はくまのぬいぐるみを両手に抱えて、考え深げにそれを見つめていた。

もの問いたげな彼の表情を見て、ビクトリアはわけを話した。「信じられないのよ。捨てきれずにいままで取っておいたものが、それほど重要な手がかりになるなんて」

アントニーは深く息をつくと、彼女の隣に座った。いまの言葉からも、ビクトリアがこれまでの話をすなおに受け止めようとしているのがわかる。アントニーはそれに励まされて、彼の心を悩ましている最後の謎を解く気になった。

優しく彼は切りだした。「ビクトリア、探偵社からの報告によると、ニューヘブン孤児院はちゃんとした施設で、それなりによくきみの世話をしてくれたってことだが、そのとおりかい？」

このふいの質問に、ビクトリアは驚いて顔を上げた。「もちろんよ。その点ではとても恵まれていたわ。なぜ？」

「というのも、施設のほうできみの素姓がわからないというのがどうもぼくには不可解なんだ。もちろん、きみが引きとられた数カ月まえから、事件は報じられなくなった。それにしても、きみに英国なまりがあるのを変だと思わなかったのかな？　きみが話そうとしたにちがいない、いろいろなことをどうして不思議に思わなかったのだろう」

ビクトリアはしばらく口を閉ざしていた。あまり黙りこんでいるので、答える気がないのだろうかとアントニーは思った。ようやく、ビクトリアが小声で話しだす。「わたしの素姓を見抜けなかったとしてもむりはないわ。それができなかったのよ。だって、孤児院に来てから一年あまり、わたしは……、口がきけなかったから」

アントニーの膝の上にのっていた形のいい大きな手が、きつく握られた。嚙《か》みしめた歯のあいだから彼は問いただした。「ひとこともしゃべれなかったというのかい？」

「ええ……。どうやら精神的なショックみたいなものを受けたらしくて。少なくとも孤児院の人たちはそう判断したらしいわ。そこでわたしに一から言葉を教えなおさなければならなかったの。ようやくしゃべれるようになっても、わたしは昔の話をしたことがないのよ。あの大理石のテラスが出てくる光景以外はね。セラピストが辛抱強くわたしの話を聞いてくれたのを覚えてるわ。そんな光景はどこにもありえない、きっと夢だろう、もう忘れてしまいなさいって言われたけど、どうしてもわたしには……」

ビクトリアの声が途切れた。アントニーの顔を見るのはつらかった。きっと彼の目には哀れみの色が浮かんでいることだろう。彼女は部屋のすみに視線をそらした。心底疲れきっていた。

「それで納得がいく」アントニーがぽつりと言った。「なぜきみにアメリカなまりがあるのか、不思議だったんだ。そのわけがいまわかった」

ビクトリアは驚いて、彼を見た。「わたしになまりがあるなんて思ってもみなかったわ」

優しく微笑《ほほえ》みながら、アントニーが言う。「聞いてる者にしかわからないものさ。ビクトリア・アルジャーソン嬢ならぼくのようなしゃべり方をするものと思いこんでいたものだから、きみの口からきっすいの米国英語が飛びだしてびっくりしたよ。どうしてそうなったのか、これではっきりした。きみはアメリカ人から改めて言葉を習った。だからそんな発音になるんだ」

「とても……、自信ありげに言うのね」

「そうとも」アントニーはきっぱりと言った。「ヘレフォード伯爵は少しもためらわずにきみを孫娘として迎えるだろう」

ビクトリアはまだ半信半疑だったが、自分でも伯爵の孫娘だという可能性はより確かなものに思えてきた。「どんな方なの、伯爵って?」自然に口をついて出た。

アントニーの口からかすかな笑い声がもれた。彼はソファにもたれかかって、今夜初めてくつろいでいるようすだった。それもむりはない、とビクトリアは思った。アントニーにしてみれば、愛すべき年輩の友人のために乗りだした冒険が、あと少しで成就するのだ。ほっとするのもとうぜんだろう。それに引きかえ、わたしは……。

ビクトリアはそこではっとわれに返り、アントニーの話に注意を傾けた。

「伯爵はとても個性的な人だよ。彼みたいな人間はそうざらにはいない。むこうみずな青年だったころは、両親はおおいに嘆かれたという。生きて帰ってはこれまいと両親があきらめたことも一度や二度じゃない。たとえ命拾いはしても、無事では帰ってこられまいとかね」

「まあ、たいした個性の持ち主なのね」ビクトリアはつぶやいた。

「そう。並み外れて知的で、人生に無限の可能性を求める創造力に富んだ人だよ。伯爵はウィリアム卿《きょう》の名で世間では親しまれているんだが、かつては探検家、登山家、サーカスのライオン使い、株の仲買人、美術品のコレクターとしてならしたものだ。それに、とうぜん、すてきなご婦人方から引っぱりだこだった。伯爵は思う存分人生を生きてきたし、ぼくの知るかぎりでは、人を傷つけたことがない。ぼくの知りあいのなかで彼ほど尊敬に値する人はいないよ」

アントニーの声にこめられた親愛の念を、ビクトリアは聞き逃さなかった。アントニーはウィリアム卿を心から慕っている。単に親代わり、息子代わりという以上の絆《きずな》でふたりは結ばれている。ビクトリアがそのことをあえて口にすると、彼は即座にそうだ、と答えた。

「ぼくの父親は立派な人だったが、むちゃがすぎた。自分を不死身だと考えていたのか、誰もが避けて通る賭《か》けをしたんだ。ぼくが八歳のとき、父はル・マンのカーレースで事故に遭って死んだよ。その後、ぼくと兄は、ウィリアム卿のおかげで大きくなったようなものさ」アントニーは少しも恨みがましさを交えずにつづけた。「兄のチャーリーが父の後継者として、仕事や土地、その他すべてを取りしきることになっていた。だが、兄の不慮の死で、とつぜんこのぼくが受け継ぎ、それらを学ぶはめになった。伯爵は自分の悲しみでいっぱいなのに、大きな力になってくれたよ」

「あなたは人生の大半をウィリアム卿と親しくしてきたのね」

アントニーはうなずく。「数週間まえに伯爵が病気で倒れたときには、肝をつぶしたよ」

「病気ですって？　伯爵がご病気だなんてひとことも聞いてないわ」

「そうかい？　言うつもりだったんだ。きみに関する知らせは伯爵にとってショックが大きすぎたのさ。ここ何年来、心臓が弱ってたものでね。もっとも本人は意地でもそれを認めようとしないけど。それはともかく、一種の発作にみまわれて、ついに入院させられた。だから、ぼくらが伯爵のところに行くなら早いにこしたことはない」

最後の言葉でビクトリアははっと顔を上げた。ここでのんびりと伯爵のことを思うのと、じかに伯爵と顔を合わせるのとではまったく話がちがう。

「でも、むりよ……。だって、ここでやることがたくさんあるし。店を閉めていくわけにはいかないわ」

どうしてかと、問いただしそうになったが、アントニーはすんでのところで思いとどまった。ビクトリアはいまでも自分の身元に疑問を抱いている。それを忘れてはいけない。

身についた考えというものはなかなか捨てきれないものだ。いつかは捨て去るものであっても。

アントニーは静かに言った。「もっとよく考えてみてくれないかな。しばらくのあいだ、店をみてくれる人はきっといるはずだ。どうしてもいま、伯爵に会ってもらいたいんだ。そうすれば、伯爵の病状もずっとよくなると思う」

「それじゃ、脅迫と同じじゃない」ビクトリアはふるえる声で反発した。

「だが、ほんとうなんだ。伯爵はこの二〇年間ひたすら孫娘の行方を捜してきた病弱な老人だ。こうして孫が見つかった以上、離れ離れにさせておけるものか！」

時間をかけて話しあおうと心に決めたことも、いまはすっかり忘れてアントニーは彼女の腕を力まかせに引き寄せた。瞳は狂暴な輝きを放ち、かたく結んだ唇は、彼のなかで揺れる激情を物語っている。

手荒なまねはしないで、そうビクトリアは言いかけた。けれど、それが言葉になるまえに、彼の肌のぬくもりに心を乱された。アフター・シェイブのかすかな刺激的な香りに溶けあう、興奮した男らしいにおい。きつくつかまれていながら少しも痛みを感じない手の感触。それらがビクトリアの意識にからみついて離れなかった。

心のどこか遠くで、ビクトリアは気づいていた。ふたりがただの男と女にすぎないことを痛切に感じさせるすべを、彼はよく心得ていると。

アントニーの告白から受けた身も凍るほどのショックも、未知の出会いにたいする焼けつくような恐怖も消え去り、いまはただ、このひとときをともにしているひとりの男のことしか彼女の頭にはなかった。

アントニーはキスをしようなどとは考えてもいなかった。そう自分でも思いこもうとした。ただ、彼女の頑固さに腹が立ったにすぎない。ところが、ブルーの瞳をのぞきこんで、細いからだがこきざみにふるえているのを肌に感じてからは、怒りもどこかに消えうせた。欲望はますますからだを締めつけ、その源であり、行きつく先でもあるひとりの女性のこと以外、何も考えられなくなった。

ビクトリアの唇はふくよかで、しっとりしていた。その唇を、アントニーはゆっくりと奪っていた。唇のふくらみを噛み、内側のきめ細かな部分を舌でなぞり、官能の世界へいざなおうとする。ビクトリアは喉の奥深くからうめき声をあげ、彼の首にすがりついた。

満たされない欲望のために寝苦しい夜を過ごしたことを思い出し、アントニーは必死で自分を抑えようとした。何と愚かなのだろう、こうまで翻弄《ほんろう》されてしまうとは。彼女といるときほど複雑な思いを味わわずにすむ、もっと魅力的でセクシーな女性は他《ほか》にいくらでもいるはずなのに。

困ったことに、そんな女性は少しもほしくなかった。彼の感覚と思考をとらえてはなさないのは、ビクトリアただひとりだった。彼の警戒心を解けるのもビクトリアしかいない。

皮肉なものだ、とわずかに平静を保っている頭の片すみで、アントニーは思った。洗練されたイギリスの貴族社会に生まれ育った彼は、なまなましい感情やむきだしの情熱とは無縁だった。冷静でいつも自分を失わなかった。

それがいまはちがう。この腕のなかの華奢《きゃしゃ》でけなげな女性は彼の文明という名の衣をはぎとり、からだの奥で荒れ狂う本能を意識させる。

ビクトリアを守り、そして奪いたいという矛盾した気持ちは強まる一方だった。あらゆる苦しみから彼女を救ってあげたいと思う一方、むりやり奪い去って自分のものにしたかった。

彼女のなかにも同じ欲求がひそんでいる。それを感じて、アントニーはますます窮地に立たされた。欲望の虜《とりこ》になることも、彼女を手に入れることもいまならたやすい。あとひと押しするだけでいいのだ。

顔を上げると、アントニーは熱いまなざしを注いだ。ビクトリアの瞳は不自然なほど暗く、まるで嵐《あらし》が吹き荒れたあとの深い海のようだった。豊かな柔らかい唇がかすかにふるえている。激しく上下する胸はいやでも乳房のふくらみを意識させた。ふたりのからだはぴったりと重なりあっている。

アントニーはがむしゃらに頭を振った。それは野生の動物が差し出された餌《えさ》の誘惑をふりほどこうとしている姿に似ていた。彼にはビクトリアを奪うことも、手放すこともできなかった。自分で掘った落とし穴にはまりこんだようなものだった。

そんななかでひとつだけ救いがあるとすれば、ビクトリアがまだ、あのひどいショックから立ちなおっていないということだ。アントニーには彼女の身に生じる微妙な変化が手に取るようにわかった。肌が青白いのも、からだがこきざみにふるえているのも、単に欲望のせいばかりとはいえない。ビクトリアはおびえ、疲れはてている。抑えようのない感情に押しつぶされている。

どれほど切実に彼女を欲していようと、いまはふたりが愛しあうときではない。いま、ビクトリアに必要なのは情熱ではなく、優しさだ。欲望ではなく、生きる力だ。荒れ狂う欲情を押しのけ、彼女のために最善を尽くそうとする力が自分にあると知って、アントニーの胸に驚きと喜びがどっとこみあげた。

珍しい貴重な美術品でも運ぶようにそっとビクトリアを両腕にすくい上げて、彼は立ち上がった。ベッドに寝かせると、ビクトリアは聞き取れない声で何やらつぶやいた。彼女の上に身をかがめると、アントニーは靴を脱がせ、服のボタンを外した。

ビクトリアは身も心も疲れはて、何が起きているのか知る気力さえなくしていた。ただひとつわかっているのは、いま彼に置いていかれたら、それこそひとりぼっちになって途方にくれてしまう、ということだった。彼の出ていく姿を見まいとして目を閉じたものの、それ以外の感覚は妙に冴《さ》えていた。

アントニーが自分の靴を脱ぎ、ジャケットとネクタイを取ってベッドに入ってくると、ビクトリアは無言のまま彼に身を寄せた。彼女の思考力はとうに消えはて、ここにいて、と心のなかでひたすら呼びかけた。ここにいて、でないと暗闇《くらやみ》にのみこまれて、永久に戻れなくなってしまいそう。

アントニーもまた無言のまま、彼女を両腕に包みこみ、じっと抱きしめた。そばにいるだけで目覚めてしまう手に負えない欲望も、この美しくけなげな女性が自分が原因でふるえおののき、苦悩にあえいでいると思うと、たちまちしぼんでいった。

あせりすぎた自分を、アントニーは心のなかでたしなめた。もっと時間をかけるべきだった。この話はビクトリアの気持ちにゆとりができるまで、告げてはならなかったのだ。それがつい感情的になり、相手に何の心がまえもできないうちに、口をすべらせてしまった。

こうなるのは目に見えていたのに。チャーリーが死んだときに味わった苦痛と怒りを改めて思い、アントニーは抱く手に力をこめ、優しく慰めの言葉をささやいた。状況こそちがうが、ビクトリアのくぐり抜けようとしている試練のほどは痛いくらいにわかっていた。

兄の死によって、秩序と正義の観念は無残に打ち砕かれ、彼は底なしの暗黒に投げ出された。そこから這《は》い上がれたかどうか、いまもよくわからない。生まれてこのかた、あれほど自分を無力で弱い存在だと感じたことはなかった。そしてまたいま同じ思いにさいなまれている。ビクトリアのからだを優しく揺らしながら、彼はひたすら祈った。自分が与えた痛手がいつかはいえますようにと。

アントニーに寄り添い、彼のたくましいからだとぬくもりを身近に感じ、控えめな抱擁に安心して身をまかせているうちに、ビクトリアはしだいにくつろいでいた。奈落《ならく》の底もいつしか遠ざかった。同時に、いくらかおちつきが戻った。

アントニーの告白を聞かされたあと、彼女は寒々とした疲労感に襲われた。いま、ひとりきりだったなら、それと必死に戦っていたことだろう。眠ってしまえばもう二度と自分に戻れなくなるような恐怖につきまとわれながら。

けれども、アントニーの腕に包まれていると、そんな恐怖は少しもわいてこない。自分が何を求めているのかよくわからないながらも、ビクトリアはすっかり安心しきって、彼の胸に顔を埋《うず》めた。

気持ちの決着をつけるのはあすにしよう。今夜は何も考えずからだと心を休め、力を取り戻そう。わたしの心に初めて触れた、見知らぬ男性の腕のなかで……。

7

「わたしはこの店の主人なのよ」ビクトリアはおだやかだが、きっぱりと言った。「何もかも放りだして、イギリスに飛び立つわけにはいかないわ。あなたがそう決めたからといって」

アントニーは辛抱強く話を聞いた。まるまる一時間、ふたりは同じことを何度も言い争っていた。いまのところ、どちらも一歩もゆずらない。

ヘレフォード伯爵に会いにいくのが肝心だと、アントニーは何がなんでも説得する気でいる。ビクトリアもまた強引に、事を急ぎすぎるのはよくないと言ってゆずらなかった。

「仕事に手がかかるのはよくわかるよ」アントニーがうけあうように言う。「それにしても、きみの留守中、店のめんどうを見てくれる人が誰かひとりぐらいいるはずだよ」

コーヒーカップを置いて立ち上がると、ビクトリアは気もそぞろに朝食の皿を手もとに集めて、流しに運んだ。すぐさまアントニーも椅子《いす》を離れて手伝いはじめる。

「いいのよ、そんなことまでしてくれなくても」目を合わせないようにしながら、ビクトリアはそっとつぶやいた。

吊《つ》り鉢の観葉植物、香辛料の並ぶラック、色も形もさまざまな手作りの籠《かご》がひしめく日あたりのいい小さなキッチンは、男性的な彼がそこにいるだけで、ひときわ女らしさが強調される。

アントニーの大柄でたくましいからだがほんの少し身動きするだけで、ふたりが過ごしたゆうべのことが思い出されて、彼女の頬は熱くほてった。

今朝、アントニーの腕のなかで目覚めたなんて、いまだに信じられない。ぼんやりした頭でベッドに起き上がると、アントニーが隣で眠っていた。驚きに打たれたのもつかのま、あとはただその寝顔にうっとりと見入ってしまった。

人を魅了せずにはおかない個性の持ち主も、こうして眠っているとまるで別人のようだ。若さにあふれ、意外なくらい傷つきやすそうな顔をしている。

感情をなかなか表にあらわさず、人の心にすばやくくいこむトパーズ色の瞳もいまはまぶたの下に隠されている。濃いまつげがそのまわりを縁どり、高い頬骨に影を落としている。

ひと晩のうちにうっすらと伸びた髭《ひげ》が、いつも鎧《よろい》のように身につけているクールで都会的な表情以上に似つかわしい、粋《いき》で危険な風貌《ふうぼう》に仕立てていた。重なったときの感触がいまもなまなましくよみがえる唇は、ほんの少し開いていて、幼いころの面影をかいま見せている。

少年のころは遠く過ぎ去っているはずなのに、不思議とただよう無邪気さが、ビクトリアの心をとらえた。こんな人が、他人の気持ちを傷つけるとはとても思えない。

愚かなことだ、と自分に言い聞かせてみても、彼を心から信頼してみたいという思いはつのるばかりだった。そんな気持ちにさせる誰かに、ましてアントニーのように魅力ある人物にめぐりあった狂おしいほどの幸福感が胸に押し寄せた。

ビクトリアは心のなかに居ついてしまった感情に気づくとともに、それに伴う危険も同時に感じ取った。麻薬に溺《おぼ》れるのと同じで、アントニーに夢中になればなるほど、彼を求めずにはいられなくなるだろう。そのために払わなければならない犠牲もますます大きくなる。用心してかからないと、いつしかアントニーに身も心も奪われ、がんじがらめにされてしまう。

「かまわないよ」そう言うと、アントニーはさもとうぜんといわんばかりに、朝食のあと片づけを手伝った。

花をいっぱいつけた鉢植えと新鮮なコーヒーの香りに満ちたこぢんまりとした簡素な部屋は、アントニーがいつも暮らしているぜいたくな屋敷とは大きなへだたりがあった。それでもここにいると不思議にくつろげる。まえからこのような憩いの場を求めていたような気さえしてくるのだった。いや、捜し求めていたのは、むしろ憩いをもたらしてくれる女性なのかもしれない。あれほど波乱に富んだ一夜を過ごしたにもかかわらず、彼は自分でも意外なくらい、ぐっすりと眠った。

起きると、ビクトリアがこちらを熱心に見つめていた。当惑しきってまっ赤になった彼女の顔は見ていておかしかった。とまどいを必死に隠そうとしている姿があまりに微笑《ほほえ》ましくて、彼は思わず大声で笑いだしそうになった。それを思いとどまったのは、たのしくて笑うのを、ただの嘲笑《ちょうしょう》と受け取られるのが目に見えていたからだ。

誤解を招くようなことは何ひとつしてはならない。住む世界がちがうとわざわざ彼女を悩ますまでもなく、ふたりの行く手にはすでに数多くの試練が待ち受けている。

「台所仕事はあまり得意じゃないけれど」アントニーはすなおに認めた。「皿を二、三枚洗う程度ならぼくでもできる。まして、きみには朝食をごちそうになった義理があるんだし」

アントニーのきまじめさに、ビクトリアは微笑んだ。「スクランブルエッグとハッシュドブラウンは一般にごちそうとはいわないけれど」彼女は言った。「あなたの特技を増やす機会を奪ってはかわいそうね。どうぞ、ご自由に。皿洗い器を使ってちょうだい。もっと冒険したければ、生ゴミを運んでもらってもいいわ」

「信じてくれないかもしれないが」それからしばらくして、ふたりが階段を下りていると き、アントニーはくったくなく言った。「ああいうことはまえにも経験があるんだ」

「あら、使用人が病気でお休みでもしたの？」シャワーを浴びているあいだに彼がなおしてくれたベッドメイクを思い出して、ビクトリアはからかった。少しシーツがしわになっていたとしても文句は言えない。

伯爵との対面を避けられるとは、ビクトリアも初めから思っていなかった。認めたくはないが、自分が伯爵の孫娘だという可能性を裏づける証拠はあまりにそろいすぎている。伯爵に直接会ってこの目で確かめないことには、いつまでたっても気持ちがおちつかない。ただし、ビクトリアは自分の意志でやりたかった。伯爵にも、もちろん、アントニーにもふり回されたくない。

なにげなくからかったつもりでも、ビクトリアの言葉にはそんな思いがこめられていた。案の定、敏感なアントニーはそれを聞き逃さなかった。

ふたりはこのまま家のまえで別れることにした。ビクトリアは店を開けるまえに買物に出かけたかった。

彼女のためにバンのドアを片手で押さえたまま、アントニーは静かに言った。「まるっきりちがう世界に飛びこむことになるのは承知で、きみに頼んでるんだ。尻ごみしたくなっても当たりまえだよ。でも、そこがきみの住むべき世界だ。思いきって足を踏み入れたら、きみも納得すると思うよ」

ビクトリアにはそうは思えなかった。アントニーの住む、富と権力と特権の世界は彼女にとって未知の国に等しかった。一度はそのなかにいたことがあるとしても、いまではよそ者でしかない。

記憶にすら残っていない遠い世界。見果てぬ世界は、地平線の向こうでこれ見よがしにまぶしい光を投げかけている。

「行ってみたい気はするわ」キーをイグニションに差しこみながら、ビクトリアは言った。「でも、お金や特権に惹《ひ》かれてじゃない。わたし自身を見つけるいい機会だと思うからよ。わたしがどこで生まれたか、どんな世界の人間なのか、やっとこの目で見られると思うからよ」

いったん言葉を切ると、ビクトリアは真剣に彼の目をのぞきこんだ。

「わたしの言うこと、わかってくれる？」

「と、思うよ」ドアの端にかけた手を握りしめて、アントニーはつぶやいた。愛《いと》しいビクトリア。アントニーは、彼女を両腕に抱いて家の中に引き返し、あの心地よいベッドに押し倒したいという衝動にかられた。ふたりで過ごした無垢《むく》な夜のために、積もり積もった欲望を、そこで一度に晴らしたかった。

しかし、彼にはできなかった。紳士としての名誉にかけても、慎重にふるまうためにも、いまは距離を置かなくては。

「つまり、イギリスに行って伯爵と会ってみる気はあるんだね。そして、そんな生活は自分にふさわしくないと判断したらここに戻り、いままでどおり暮らすことになるかもしれないというんだね？」

「選択の自由はもっていたいの」ビクトリアの声はおだやかだったが、そこには有無を言わさぬものがあった。「でないと、とても行けそうにないわ」それから、軽い口調で言いそえる。「それはともかく、早く行かなくちゃ」

アントニーはそれ以上むりは言えなかった。彼女の将来がかかっていると思うとなおさらだった。もし同じような立場に立たされたなら、やはり自分も逃げ道を見つけておきたいと思うだろう。

ゆっくりとドアから手を離すと、アントニーは静かに閉めた。バンから離れながら言う。

「慎重になるのはいいことだよ、ビクトリア。よけいな感情が混じってては決心しにくくなるからね」

ビクトリアは後悔に顔をくもらせながらも、そっと安堵《あんど》のため息をもらした。いま彼に恋しているゆとりはない。これからの一生を決めなくてはいけないときに、少しでも邪念が混じっては困る。とはいえ、彼がもう少し軽率にふるまってくれたら、と思う気持ちもまったくないわけではなかった。この人はあまりにも分別くさくて高潔すぎるわ。

アントニーよりも自分自身にいらだちを覚えて、ビクトリアはいつになく車を飛ばし、ショッピングセンターにつづく曲がりくねった道をつっ走った。迫ってくる一枚の看板に目をとめてからやっとスピードを落とした。そこにはこう書いてあった。

『注意、あひるの通り道』

なるほど、五、六羽のあひるが近くの池に行こうと道を横切る姿が目に入った。ビクトリアは車を停《と》めて、あひるが通りすぎるまで待ち、それからまえより慎重に車を走らせた。こんなに美しい春の朝の風景を、昨夜から行きつ戻りつする思いのためにだいなしにしたくない。

一時間後、彼女は多忙な一日を迎えていた。日々の仕事に没頭しているとしだいに気分も晴れてきた。アントニーから離れて、彼にまつわるいっさいの感情から解放されると、あの驚くべき知らせも平静な気持ちで受け止められるようになった。

貴族の手で後生大事に育てられた娘としての自分の姿を思い浮かべて、ビクトリアの唇に微笑さえ広がった。

ビクトリア・アルジャーソン――。すなわち、ビクトリア嬢は、愛情豊かな両親と祖父に囲まれ、限られた人にしか手の届かない世界に住んでいた。

どんなふうに幼い日々を過ごしたのだろう。アントニーの言うとおりだとすれば、その当時のなごりがどこか記憶の片すみに眠っているにちがいない。

催眠術を受けて記憶を取り戻してみたらどうかと一瞬考える。かつて相談したことのあるカウンセラーがそれを勧めてくれたが、そのとき彼女はためらった。意識の奥にひそむものを知るのが怖かったのだ。

いままた新たにためらいが生まれた。本人がたとえ誰であれ、ビクトリア嬢は恵まれた世界から引き離され、ふつうの子どもにはとても耐えられない体験をしいられた。それがほんとうだとすれば、それをくぐりぬけられたのは驚くべきことだ。まして、そこから受けた心の傷がほんの少ししか残っていないなんて。

あれから口がきけなくなったこともない。里親に預けられた何年かのあいだに悩まされた悪夢も、少しずつ薄れていった。

大人になり、自分の運命をいくらか自分で切り開いていけるようになると、身についた警戒心や人を遠ざけようとする気持ちもいつしか解けていった。

それがすっかりなくなったわけではない。まだまだ先は長い。けれども、日に日に心にゆとりがもてるようになった。アントニーにたいする気持ちがそれを裏づけている。彼が何者か、彼からどんな影響をこうむるのか、少しも気にせずに心を許したのだから。

店のなかを見回し、ひとつひとつの鉢に水を十分与えてあるかどうか、きちんと店内が片づいているかどうかを確かめながら、ビクトリアは悔やんだ。もし、アントニーが意図的にわたしに近づいたのではなく、ただの偶然でめぐりあっていたなら、どんなによかっただろうか。

何もかも、いまよりはずっとすっきりしていただろう。同時に、自分が誰であるかわからないという不満はずっと残っただろう。彼のような男性との将来を考えるまえに、ぜひとも自分自身の謎《なぞ》を解いておきたい。いいえ、解かなくてはならない。

すでにビクトリアの人生はふたつに分かれている。自分が誰なのか、アントニーに知らされたときがその分岐点となっている。もうそれを越えた以上、あと戻りはできない。

疑惑が晴れ、何も恐れずに自分の心のなかをのぞけるようになりたかった。現に、その道をビクトリアはいやおうなく歩みはじめている。

とつぜん、彼女は顔を上げた。一刻も早くイギリスに行かなくては。

レジをアシスタントにまかせると、ビクトリアは手狭なオフィスに戻り、腰をすえて真剣に考えこんだ。

いつも雇っている従業員ではとてもまにあわないときがいままでに二回あった。陪審員として法廷に呼び出されたときと、蜂《はち》に刺されてアレルギーを起こし、病院にかつぎこまれたときだ。

いずれの場合も、ビクトリアは友人であり、よき隣人でもあるメーガン・フィッツジェラルドに助けを求めた。彼女はこのフラワーショップの前オーナーで、彼女いわく、暇つぶしに書いた〝ちっぽけな本〟が出版され、たちまちベストセラーにのしあがってから、ここを売りに出したのだった。

作家としての仕事は気に入っているけれど、それと同じだけ店が恋しい。そうメグは公言している。いつでも店に戻る用意ができているし、喜んでそうするつもりだと。

受話器を取ると、ビクトリアはにっこりとした。この降ってわいたような話をメグがどう思うか、だいたいの予想はつく。

プッシュボタンを押してじっと耳をすませる。五、六回コール音が聞こえたところでやっとか細い声が答える。「はい、ちょっと……、お待ち――」

どしんという鈍い音がした。受話器が手から落ちたのだろう。それから、舌うちする声が聞こえ、ようやく朗らかなかたちばかりの挨拶《あいさつ》が聞こえた。

「ごめんなさい。あたしったらいままで何を――、あっいけない。こんにちは」

「もしもし、お元気？　まずいときにかけちゃったかしら？」

メグが大声で笑いだす。心の底からおかしそうな、くったくのない笑い声だった。ビクトリアは友人の姿が目に浮かぶようだった。本だの紙くずだのがあちこち散乱する仕事部屋に埋もれて、仕事のときに好んで着るエキゾティックな部屋着を豊満なからだにまとい、目のさめるような赤毛をくしゃくしゃにしているのだろう。

「いいの、だいじょうぶよ、ほんとうだってば。あたしの主人公は、海の戦でたったいま船から投げ出されたところよ。そこでヒロインは彼を追って海にざぶん。まあ、そんなことはどうだっていいわ。ビクトリア、何かあったの？」

「じつは……、二、三日店を留守にしなくちゃならないの。そのあいだ、押しつけがましいけどあなたにお店をみてもらえないかなと思って」

「押しつけなもんですか。わかってるくせに。お店の手伝いをするのは大歓迎よ」メグがふたたび笑いだす。それは、少々自嘲気味な笑いだった。「正直言って、いまのこの状態だと、ワープロから逃げだせるなら何だってやりたい心境なのよ」

「ほんとうにそんな暇があるの？　締切が近いんでしょう？」

「こう見えても、あたしは編集者のあいだでは、のろまのメグ・フィッツジェラルドって有名なのよ。それはともかく、あなたが休みをとるなんて珍しいじゃない」

友人の声に好奇心が混じっているのを、ビクトリアは聞き逃さなかった。しかし、メグは今回の旅行のわけを自分からたずねるほど無遠慮な人ではない。それを打ち明けるかどうかは、ビクトリアしだいだった。

できるだけさりげなく、ビクトリアは言った。「イギリスに行くつもりなの……、わたしの生いたちに関する新しい情報が入ったのよ。だから……」

「まあ、よかったわね！　あなたには何より大切なことだもの」

「でも、確かなわけじゃないのよ」ビクトリアは念を押した。メグにというより、むしろ自分に言い聞かせるように。

「もちろん、そうでしょうとも。だけど、一歩前進したことには変わりないわ。で、いつ出かけるつもり？」

「すぐにでも……、パスポートはまだ有効だから、あとは航空券を手に入れて、荷造りするだけよ。あさってじゃどうかしら？」

メグはだいじょうぶだとうけあった。それからふたりは日々の仕事内容の打ち合わせをした。残っている配達、これからの仕入れなどについて、ビクトリアはざっと話してきかせた。

やっぱりこれでよかったのだと思いながら、彼女は受話器を置いた。少なくともこれで留守中の店のことは心配いらない。

ただひとつ気がかりなのは、自分の選んだ道にそれほど確信がもてないことだった。

8

二日以内にイギリスに発《た》てる。そうビクトリアに言われてアントニーは驚いた。その日の午後、店に立ち寄って夕食に誘ったときも、ビクトリアにそんな決心があるようには、とても見えなかった。

店を出てからも、アントニーは、イギリス行きを説得するには、まだまだ時間がかかりそうだと思っていた。今朝、電話で伯爵にその後の経過を知らせるときも、ちょうどそんなふうに話したばかりだった。

古い友人でもある伯爵は、寄る年波と病のせいで、元気はなかったものの、熱にうかされたように少々声がうわずっていた。そして、いかにもじれったそうに、つぎからつぎへとビクトリアのことをたずねた。どんな顔をしているのか。どんな身のこなしか。いまの仕事はたのしそうか。知らせを聞いてどんな反応を示したか。そういった問いかけを、何度もくりかえしていた。

アントニーはできるかぎり詳しく、辛抱強く答えた。ただ、彼とビクトリアのあいだに生まれつつある、微妙な感情については省いた。なるべく早くビクトリアをイギリスに連れて帰ると最後に約束して、アントニーは伯爵との電話を終えた。

受話器を置いてからも、アントニーはいくぶん悲壮な面持ちでその決意を新たにした。どれだけ時間がかかろうとも、彼女を伯爵に引き合わせなければ。

ビクトリアの反対を押しきるまでに、少なくともあと一週間はかかるだろうと、彼は内心見込んでいた。ところが、メグとの打ち合わせの内容を聞かされて、ビクトリアの決断に改めて感心してしまった。人生最大の岐路を迎えているというのに、ビクトリアはすすんでそれをやってのけたのだ。

ウェイターがふたりのまえにディナーを並べるあいだ、アントニーは彼女を静かに見つめていた。ほんの少し頬が上気しているのは、客で込みあうステーキハウス内の熱気のせいだろう。

ここはこの界隈《かいわい》でも人気の高い店で、良い暮らしを求めて〝高級住宅街〟に群がる若い知的エリートたちが仕事を終えたあとによく足を運ぶ。出版や広告、ウォール街、離婚訴訟、不動産の契約、美食家用のフードストア、ヘルスクラブなどの話が、アントニーの耳にも四方から聞こえてくる。コネチカットでは、それらが主な関心事なのだろう。

まわりにいる野心だらけの男女が、彼の連れの女性の深いブルーの瞳に秘められた数奇な運命を知ったら何と思うだろうか。そんな考えがアントニーの頭をよぎった。

きっと彼のような反応を示す者はいないだろう。冷静沈着な自分に似合わず、あのときばかりは腹の底から怒りを覚えた。あれほど激しい感情を抱くとはいまだに信じられない。そのうえ、ビクトリアにたいしてかきたてられる感情は、どれもなじみのないものばかりだ。

あの朝、ビクトリアと別れたあとの気分を思い出して、アントニーは苦笑した。満たされぬ欲望、切なさ、興奮、そして不安。まるで初恋に苦しむ思春期の少年さながらだ。しかし、それほど浮ついた気持ちにはなれない。自分のことで頭がいっぱいの人間とはわけがちがう。彼のくだす決断には、数多くの責任がついてまわる。生まれながらに受け継いだ貴族としての義務もそのひとつだ。それを今後も守り通さなければならない。

ビクトリアはいちおうの話を終えると、口をつぐんでしまい、アントニーをじっと見つめ返した。どちらも相手を見つめていたいという気持ちを隠そうともしなかった。まるで、先へ進むまえにたがいの心を確かめるひとときをもとう、と暗黙のうちに了解しあったかのようだった。

今夜は疲れているみたい。ビクトリアは思った。引き締まった唇を両側から囲む皺《しわ》はいつもより深く刻みこまれている。トパーズ色の瞳もいくらか赤味がさしている。あまり寝ていないのではないかしら。そう思うと、彼女は気がとがめた。

寝不足であっても、アントニーの存在感は少しも衰えていない。レストランのなかでも彼ほど目立つ男性はいない。ビクトリアのひいき目で見るととくにそうだった。デザイナージーンズ、スエードのジャケット、プレッピーふうのブレザーを巧みに着こなした男たちも、彼に比べれば影が薄い。

ネイビーブルーのシンプルなスラックス、クリーム色の手編みのウールセーターは決して流行の最先端をいっているわけではない。しかし、たくましい彼のからだがそれを着ていると驚くほど魅力的に見えた。アントニーにはもって生まれた優雅さが備わっている。そのおちついた風格というものが、人目を引こうと躍起になっている大勢の男たちに知らず知らずのうちに差をつけてしまうのだ。

アントニーが自分自身を、そして自分の進む道をちゃんと心得ているのは確かだった。ビクトリアは改めてそれを感じた。いまの世の中、そういう人物はめったにいるものではない。アントニーの場合、何世紀にもわたって培われた、伝統が生んだ資質なのだろう。土地を管理し、国を守り、人民のために自らを犠牲にする精神が、彼のなかにも生きつづけている。

ビクトリアもそれを受け継いでいる、と彼は言う。過去と未来を貫く永久不滅の血筋を引いた男女は、生まれながらの指導者となり、惜し気もなく自己を国に捧《ささ》げ、その報酬として人民から忠誠と物質的な見返りを受ける。

これは過去の制度であり、現代のテクノロジー社会とは何の関係もない。けれども、その伝統はいまに生きつづけているばかりか、いっこうにすたる気配はない。

アントニーがそれを証明している。彼が貴族としての生き方になれ親しんでいるのは一目瞭然《りょうぜん》だった。

「ここで仕事がおありなら」ビクトリアは言った。「まだいらしていいのよ。わたしのことなら心配しないで」

彼は片眉を吊《つ》り上げた。慎重に抑えた口調にはうかがい知れない疑念がただよっている。

「それはありがたい。だけど、ぼくとしてはいっしょにイギリスに行きたいな」

それを聞いてほっとしたものの、ビクトリアは決して彼に頼るまい、と思った。そうしないと、ついつい、この男性の肩にもたれてしまいそうになる。

「向こうに長くいるつもりはないの」とアントニーに告げる。「もし、あなたの言うとおり、わたしがビクトリア・アルジャーソン嬢だと判明したら、ちょくちょくイギリスに帰ることにするわ。お祖父《じい》さまとはお近づきになりたいから。ただ、わたしの生活はここにあるの。それだけはわかってほしいの」

なるほどもっともらしい理屈だな、とアントニーは思った。まず真実を知ってから自分のやり方でそれに取り組む。なかなか悪くない考えだ。ビクトリアならそれをやってのけるかもしれない。ただし……、イギリスで待ち受けていることをまえもって言い聞かせたほうがいいのではないか。そんな思いが頭をよぎった。

いくら説明したところで、彼女に心の準備をさせるのはむずかしいとアントニーは思いなおした。誰しもそうだが、こういうことは経験を通して学ぶ他《ほか》ない。ただ、彼女に孤独な思いだけはさせまい。本人が望んでいようがいまいが、ぼくはいつでも彼女の側にいよう。

ビクトリアの家の戸口で別れるとき、アントニーはその気持ちを伝えた。彼女の自立心を傷つけないように、言葉に気をつけながら言う。

「これからが大変だね、きみにとってもきみのお祖父さんにとっても。想像もつかないようなことにたくさん出くわすだろう。でもいいかい、ぼくはできるかぎりきみの力になるよ」

ビクトリアは何も言わず、ただ黙ってうなずいた。目前に控えた旅行に向けて彼女はもてる勇気をすべてふるい立たせていた。その先に何が待ち受けていようと自分の力で乗りきってみせる。誰にも頼るまい。とくにアントニーには。

その夜、時刻は遅いにもかかわらず、ビクトリアはなかなか寝つけなかった。ベッドに仰向《あおむ》けになってアントニーの最後の言葉を思い返す。人に頼るのは自分のプライドが許さないという気持ちを、彼にもわかってほしい。

長いことビクトリアは自分しか頼れる者がいなかった。ひとりきりで世の中を渡り、よりよい人生を築くために必死にがんばってきたし、その努力も大部分は報われた。そしていま、この人生を過去に、そしておそらくは未来に結びつけるという、これまでにも増して厳しい試練をくぐり抜けなければならない。

ニューヨーク発ロンドン行きの飛行機のファーストクラスのシートにアントニーと並んで腰かけるまで、あっというまに時間が過ぎた。

未来。その言葉は、昨夜から旅立ったいまもずっと、ビクトリアの心から離れなかった。

初めて出会ったときと同じ、グレーのピンストライプのスーツ、白いシャツにスクールタイで身をかためたアントニーは、ぜいたくな機内の雰囲気にすっかり溶けこんでいる。反対にビクトリアは居心地の悪い思いをしていた。

「シャンパンはいかがでしょうか?」出発してまもなく、スチュワーデスが声をかけた。「ご夕食はいかがいたしましょう?」それから何分もたたないうちに、今度は別のスチュワーデスが聞きにきた。「枕《まくら》をお出ししましょうか? ブランデーはいかがでしょう?」

そういったサービスがあとをたたなかった。スチュワーデスのこびた態度、それにたいするアントニーの堂に入った態度に、ビクトリアはすっかり閉口してしまった。

アントニーはまさに貴族として生まれついたような人間だ。これほどかしずかれるのに慣れた人を、ビクトリアはいままで見たことがなかった。うんざりしている彼女のようすに、アントニーもうすうす気づくようになった。

夕食後の酒をすすりながら、アントニーは静かに言った。「勝手がちがうだろう?」

ビクトリアはいやみたっぷりの視線を投げかけたが、彼は何くわぬ顔をしていた。とりすました口調で、ビクトリアが言う。「そのとおりですわ、閣下。なんだか、中世の世界にまぎれこんだみたいよ。いまが二〇世紀だって、あの人たちは知らないのかしら」

「それもいいじゃないか」アントニーがおだやかに切り返した。「いつの世にも変わらないものがあるってことだよ」

「時代遅れのカースト制度に盲従するのもそのひとつなの?」

「そう思いたければそれでもいいさ。ぼくは、アメリカ人も含めて、われわれすべての人間にけっこう役立つ伝統だと考えたいがね」

「そんなばかな。だって、わたしたちアメリカ人はあなたがほめているような制度から自由になるために戦ったのよ」

「そうかい? きみの国の人々ははたして自由になったかな。政治家やロックシンガーやテレビニュースのキャスターといった人たちは昔の貴族と少しも変わらない。きみたちの生活がまえよりよくなったとは思えないがね」

「もちろん、よくなったわ」ビクトリアは熱心に言い張った。ついさっきまでは疲れ、気がめいっていたのにこうして議論しているとにわかに元気が出た。「ああいう人たちは自分の努力でトップにのしあがったのよ」と力説する。「先祖伝来受け継いだ特権とはちがうわ。彼らが社会にどれだけ貢献してるかは疑問だけど、あれだって決してむだなことじゃないわ」

「もちろん、そうだろう。でも、連中を貴族扱いすることはない。それに、きみは大切なことを忘れているよ。特権は責任なしにはありえないんだ。いわば馬の目のまえにぶらさげられた人参《にんじん》のようなものさ。ある人たちを義務という鞭《むち》でひっぱたいて社会に奉仕させるためのね」

「あなたは責任をそんなふうに考えてるの？」心底驚いて、ビクトリアは聞いた。「重荷に耐えることだと？」

「そう思うときもあるね」フラシ天の布張りをしたシートにもたれながら、アントニーは答えた。キャビンに戻る途中のスチュワーデスが立ち止まって、ブランデーをおかわりしますか、とたずねる。アルコールの力を借りて眠ろうと思い、ビクトリアはええ、と言った。アントニーは断ったので、若い女性はひどくがっかりしたようすだった。彼のそばにいる口実も他に見つからないとみえて、スチュワーデスはそのまま通りすぎた。

「どういうこと？」ふたりきりになると、ビクトリアは先を促した。

アントニーは肩をすくめた。なるべく控えめに話そうと、すでに頭をめぐらしているようだった。「二〇代の初めのころに、一時、反抗期を迎えたことがあったよ。アメリカやラテンアメリカを放浪して回ったけど、じつにたのしかったな。ずいぶん破目をはずしたものだ。でも、それでよかったんだ。その年の終わりにチャーリーが死んで、ぼくはたちまち一家の主になってしまったから。家の責任も全部ぼくが引き受けなくてはならなくなったしね」

「お兄さまがなくなってさぞつらかったでしょうね」ビクトリアはそっと言った。彼を慰めようとして、いつのまにか手を差し出していた。

アントニーの肌のぬくもりに、ビクトリアのからだの奥がふるえた。あの夜、彼の腕のなかで感じた甘い陶酔にもう一度浸ってみたかった。けれども、もてあましている感情にけじめをつけるまでアントニーと距離を置こうと決心したことを思い出す。彼の肩に頭をもたせかけたいという誘惑にかろうじて打ち勝つことができた。

「つらかったよ」アントニーはそうつぶやいたあとで、告白してしまった自分を意外に思った。兄を失った悲しみはあまりに大きかったので、いままで誰にも、母親にさえそれを打ち明けたことがなかった。しかし、ビクトリアにだけはいまも消えない悲しみを、すなおに認めたいという思いがこみあげた。「チャーリーのおかげでぼくは生きてこられたようなものだからね」ひとりごとのように、彼はつぶやいた。「ぼくらはおたがいに競ったこともない。家の財産のほとんどを、つまり爵位や土地を引き継ぐのは兄だとはじめから決まっていたからね。もし、兄がぼくより劣っていたら、長男としての責任を果たせそうになかったなら、ぼくの人生はずいぶんちがったものになっていただろう。現実はその反対だったから、ぼくはぼくなりに、自由に自分の生き方を試すことができたんだ」

「お兄さまはそれをくやしく思ったかしら?」ビクトリアはさりげなく聞いた。アントニーの言葉には悲痛な思いがこめられている。彼女はその原因を知りたかった。

「ときには思っただろうな。兄も人間だからね。ただし、表にはあらわさなかったよ。ぼくのやらかすことを、いつもたのしんでいるみたいだった。家にばかりいるとくさってしまうぞ、とぼくにからかわれてもいやな顔ひとつしなかった」

ビクトリアは彼の手に添えた手に力をこめた。これから聞かされる話の内容を察して、すでに心を痛めていた。

「兄が事故に遭うまえにもぼくはそんなことを口走ってしまってね。ぼくが当時関係していたくだらないレースについて、兄に得意気に話している場面がいまでも浮かんでくる。たまには破目を外して、何かに挑戦したほうがいいぞってね。むろん兄だってぼくと同じように自由に生きたかったんだ。ただ、長男としての務めを果たすために、いままでじっとがまんしてきたにすぎない。兄のそんな気持ちなどぼくは少しも思いやらなかった。ぼくの勧めに従って、兄は思いきってレースに参加した。それが命取りになってしまったんだ」

手厳しく自分を責めるアントニーの声を聞いて、ビクトリアの胸は切なくしめつけられた。チャーリーが亡くなって何年になるのだろう……。一〇年、いえ、それ以上?　そのあいだずっと、アントニーは罪の意識に耐えつづけてきたのだ。

どんな慰めの言葉もすぐには見つからなかった。お兄さまの死はただの偶然にすぎないと言ったところで、アントニーを納得させるのはむずかしいだろう。

アントニーの言葉が引き金となって、チャーリーの命を奪う事故が起きたというのは、事実かもしれない。けれど、アントニーのせいで死んだと責めるのはまちがっている。

アントニーは自分を追いつめている。そのためにどれだけ苦しんだことか。家にたいする義務をあなどったからこそ、悲劇が生じたと信じたから、兄の亡きあと、その義務を必死に果たそうとするのだろう。父親代わりの伯爵の望みをかなえようと、彼女を捜しにやってきたのも、あれほど熱心に彼女を連れ戻そうとしたのもそれで納得がいく。

アントニーの兄はこの世を去り、帰らぬ人となった。もうひとりの命をよみがえらせること、つまり伯爵の孫娘を捜し出すことで、アントニーはその埋めあわせをしようとしたのかもしれない。

ただ、彼女自身は、ビクトリア・ロンバードからビクトリア・アルジャーソン嬢に生まれ変われるかどうか自信がなかった。自立したキャリアウーマンの道を歩んできた自分が、いまさらどうして昔ながらの名誉を重んじる、古めかしい貴族社会に溶けこめるだろう。

貴族として生まれ変わるなら、彼女の人生はもう自分ひとりのものではなくなる。義務と心得にしばられる複雑な社会の一員になってしまう。自分に割りあてられた役柄をうまくこなしていけるだろうか。それよりも、ますます心惹《ひ》かれる男性から離れて生きていけるだろうか。

英国航空のジェット機がヒースロー空港に着くころには、ビクトリアの不安は何十倍にもふくれあがった。ハンマーで打ちのめされたように頭がずきずきとうずき、手のひらはじっとりと汗ばんでいる。精いっぱい勇気をふるい立たせて、彼女はアントニーと並んで静かにタラップを降りた。

二人がターミナルに着いたとたん、新たに開かれた自分の人生を初めて知る機会が訪れた。そこには礼儀正しくかしこまった係員が迎えに出ていた。正規の手続きを踏まずに早々とふたりを空港から連れ出すと、待機中のロールスロイスに案内した。その車でふたりは市内に向かうことになっていた。

アントニーがこの特別待遇を平然と受け入れているのは、さすがとしかいいようがなかった。案内役と上品に言葉を交わし、旅行はたのしかった、そう、やっぱり故郷はいいね、などと答えている。ビクトリアも彼のおちついた態度に合わせようと必死に努力したが、うまくはいかなかった。

ミズ・ビクトリア・ロンバードが閣下のお伴をしているのを奇妙に思う人がいたとしても、それを口に出して言う者はいなかった。アントニーに接するときと少しも変わらない格式ばった態度で、彼女に敬意を払ってくれる。

ロールスロイスにおちつくと、ビクトリアは深呼吸をし、まわりの風景に見入った。ロンドン郊外は、春だというのに寒々として見える。雨に濡《ぬ》れ、空気もひんやりしている。ワインレッドの暖かいウールスーツを着てきてよかった、とビクトリアは思った。

ビクトリアと目を合わせて、アントニーが励ますように微笑《ほほえ》みかける。手袋をした彼女の手を取って、軽く、そしてしっかりと握りしめる。「ぼくの母のところに泊まるのを承知してくれてうれしいよ」アントニーは静かに言った。「ホテルなんかよりずっとくつろげる」

「ほんとうにいいの、お母さまに悪いんじゃなくて?」それを口にするのは何もいまが初めてではなかった。「ご迷惑はかけたくないわ」

「むしろその反対だ。きみが泊まってくれないと、かえって母に悪いよ」アントニーは優しく言い含めた。「ほんとうだよ。母はきみが来てくれるのを心から喜んでるんだ」

アントニーの言葉を信じたいのはやまやまだったが、彼女はまだ安心できなかった。フィオナ・ダーシー婦人がいくら親切な人でも、ビクトリアがのこのこあらわれて驚かないわけがない。しかし、いまのところその招待を受け入れるほかなさそうだった。ホテルにひとりで泊まるのは耐えられない。だいいち、それでは寂しく、味気ない。

「あなたもお母さまのところに泊まるんでしょう?」ビクトリアはできるだけさりげない

口調でたずねた。

アントニーが驚いた顔でこちらを見た。おかしなことを聞く、と言いたげな表情だ。

「もちろんだよ。市内にマンションを持ってはいるけど、こんな状況だから、いつでもきみの役に立てるようにそばにいたいんだ」

ビクトリアには願ってもないことだった。彼女の口もとからほっと小さなため息がもれる。そのうち、ロールスロイスはメイフェアの街中に入っていった。

荒涼とした灰色の景色ばかりを見たあとだったので、瀟洒《しょうしゃ》なテラスハウスや、手入れの行き届いた庭がある、趣味のいい高級住宅街は目の保養になった。地味だが高価そうな服に身を包んだ男女が通りをそぞろ歩く姿や、ぜいたく品と名のつくものをすべてそろえた小さな高級店の立ち並ぶ街並みを、ビクトリアは身を乗りだすようにして興味深げに眺めた。

ロールスロイスは通りから引っこんだ、高い石壁に囲まれた大邸宅のまえで停《と》まった。そのとき、アントニーが言った。「母はきみに会いたくてたまらないんだ。最初は、きみのことを根掘り葉掘りたずねるかもしれない。それはただ、母がきみのお祖父さまとは無二の親友で、彼のことが心配でならないからだよ」

「伯爵のためなら何でもするつもりよ」ビクトリアは誓った。「でも、わたしはわたし、それ以外のふりはできないわ」

「誰もそんなことを望んでいやしないさ」アントニーの表情は優しさにあふれていた。「きみはそのままで十分すばらしいよ」

ビクトリアがそれに答える間もなく、運転手が躍り出てふたりのためにドアを開けた。ビクトリアの目は、これから少なくとも二、三日は住むことになる家を見上げ、その全景にほれぼれと見とれた。

建築については多少なりとも知識があったので、母屋が一九世紀初めに建てられ、二方に伸びた翼がそれより数十年あとに建て増しされたものであるのがわかった。美しい流線形、優雅な造り、緻密《ちみつ》でぜいたくなディテール、どれをとっても、何世代にもわたって受け継がれた富と地位をよく物語っている。このような家から、国を統治する人物が生まれてきたのだ。

かつて国王が狩りをたのしんだといわれるハイドパークの見える高台に建つ、カシの木に囲まれたこの屋敷は昔をしのぶようすがだった。ビクトリアはフランス人がイギリスを評して言った言葉を思い出した。いくら世の中が変わろうとも、永久不変のものがここには残っている。

そんな思いと、アントニーの励ましの言葉を胸に、ビクトリアは彼の腕に支えられながら屋敷のなかに入っていった。

9

その夜、ビクトリアはディナーのための身支度を念入りに整えた。大理石でできた大型のバスタブに熱い湯を張って、そのなかにしばらく浸っていると、いくらか神経がほぐれた。けれども、アントニーの母親と初めて顔を合わせると思うと、やはり不安でならなかった。

案内された客室は広々としてすばらしかった。ビクトリアはメイドが整理してくれた衣服をひとりで丹念に見て、何を着ようかと考えた。長居するつもりはなかったが、気をきかせてさまざまな種類の服を用意してきた。そのなかには、シンプルながら人目を引かずにはおかない、イブニングドレスも二、三着含まれていた。

ダーシー家のディナーにふさわしいと思って選んだ服はまちがっていなかった。先ほどと同じメイドが、紅茶とサンドイッチをのせたトレイを持ってあらわれ、ビクトリアの着ているブルーグレーのシルクドレスは申しぶんない、と言ってくれた。「そのお召し物はよくお似合いですね、お嬢さま」若いメイドが言う。「それに長袖《ながそで》ですから、寒くもありませんし」

ビクトリアは苦笑した。「そんなに寒くなりそうなの、キャティ?」

メイドは同情に満ちた視線を投げた。ビクトリアの言葉に二重の意味がこめられているのを聞き逃さなかったらしい。「ここは古いお屋敷ですから、お嬢さま。広くて天井の高いお部屋ばっかりなんです。すきま風が入るのはしかたありませんわ」

「そうでしょうね」ビクトリアはつぶやいて、ダブルベッドの端に用心しながら腰かけた。刺繍《ししゅう》入りのシルクのベッドカバーは触れるのさえためらわれるほど華奢《きゃしゃ》にできていた。それに合わせた天蓋《てんがい》とカーテンも同じだった。

室内ばきをはいた足の下は古風な東洋ふうの絨毯《じゅうたん》が敷きつめられている。その渋い色づかいは、黒光りした木製のクロゼットやドレッサーを引き立てている。大理石でできた暖炉が一方の壁をほとんど占め、その向かい側には、床から天井までの高さの窓があり、そこから夕暮れの庭が見えた。

都会、同時に現代社会とはかけ離れた世界。まるで昔の風雅な時代に連れ戻されたような感じだった。だから、メイドの満足そうな顔に見守られて、音を立てずに紅茶をすすり、くずひとつ落とさずにサンドイッチをつまむのも少しも不自然ではなかった。それがすむと、ビクトリアはドレッサーのまえに座り、キャティに髪を結ってもらった。

それから等身大の鏡のまえに立ち、ビクトリアはうっとりと自分の姿を眺めた。ふだんなら無造作に肩のあたりに垂れている豊かな巻き毛も、いまはメイドの手で巧みに結い上げられていた。ほんの少し残した髪がうなじのあたりで優雅にカールしている。

イブニングドレスからあらわに見えている肩が、柔らかい明かりの下で白くなめらかだった。控えめに開いた胸もとから、豊かな胸のふくらみがそれとなくうかがえる。くびれた胴にそって垂れるドレスは、腰のあたりで少しだけ広がっている。

「まあ、ほんとうによくお似合いですこと、お嬢さま！」うしろに下がって、髪のできばえにほれぼれと見とれながら、キャティが感嘆の声をあげた。

ビクトリアは口もとをほころばせずにはいられなかった。「そうだとしたら、あなたのおかげよ。こんな格好をしたのは生まれて初めてですもの」

「いいえ。お嬢さまでしたら、きっと何でもお似合いですわ。でも」キャティが正直に言う。「少しぐらいお手伝いさせていただいてもかまいませんでしょう」

そう、確かにそのとおりだ。このてきぱきとしたメイドの助けがあったおかげで、ビクトリアはフィオナ夫人と会う自信がもてた。自分が誰なのか、いまもわからない。けれども、これなら伯爵の孫娘にふさわしく見えるだろう。

キャティが空いたティーカップとサンドイッチの皿を下げて部屋から出ていったあと、ビクトリアはディナーに行く支度を終えた。薄いショールを肩にかけ、バッグを取ろうとしたところで、ドアをノックする音が聞こえた。どきりとして返事をし、ドアを開けるとそこにはアントニーが立っていた。ディナースーツに身を包んだ彼は、まぶしいくらいに輝いて見えた。

「よければお伴しようと――」アントニーはビクトリアの姿に見とれて言葉を失った。トパーズ色の瞳が彼女の華奢な美しさを何ひとつ見逃すまいとしてくまなく動く。そのようすを、ビクトリアはただうっとりと見守った。

大きく息を吸いこんで、アントニーがつぶやいた。「ああ、とてもきれいだ。まるで絵のなかから脱《ぬ》け出したみたいだよ。きみはすごいな。どんなときにも輝きを忘れない」

淡々とした口調でほめるので、アントニーの言葉はよけいに効き目があった。ビクトリアは頬を赤らめながら、肩のショールを急いで引き上げた。「キャティのおかげよ。わたしじゃないわ」

アントニーの眉がかすかに寄った。「誰だい、キャティって?」

「わたしのお世話をしてくれるメイドさんよ」

「ああ……、そうだね」

屋敷に住みこんで働いている人間の名前を知らないという彼の態度から、ビクトリアは多くのことを思い知らされた。彼女にとって、召使というものは珍しい存在であり、注目に値する。ところが、アントニーには日ごろから見知っているありふれた存在でしかないのだ。彼女のショックに気づかないほど彼は鈍い人間ではなかった。申しわけなさそうに戸口に立つようすがそれをよく物語っている。

アントニーは決して控えめな男ではない、ビクトリアはそう思った。ためらいながらも、その誇り高い顔をビクトリアのほうに向けている。

恐怖とあきらめの入り交じった気持ちで、ビクトリアはじっと立ち尽くしていた。これ以上ふたりの親密な触れあいを許してはいけない、と理性が訴える。一方心は、自然のなりゆきにまかせたいと切に望んでいた。

けっきょく、いつもそうなのだが、心のほうが勝った。アントニーの唇は、彼女のためらいの気持ちをすっかり忘れさせた。このひとときしか頭になかった。めくるめく感情の渦にのまれ、ビクトリアは何も恐れずに彼の唇を迎えた。

くちづけは甘く優しかった。彼女は相手に何も求めず、ひたすら自分を捧《ささ》げた。いつのまにか、アントニーがうしろ手にドアを閉め、廊下を通る人の目からふたりを守った。ビクトリアのからだをさらに引き寄せると、アントニーは彼女の温かい口の奥に舌を差し入れ、たがいの欲望を刺激する。生まれたときからずっといっしょに過ごしてきたかのように、ふたりは自然に抱きあった。

彼にぴったりと寄り添いながら、ビクトリアのからだはどうしようもなくふるえた。そうしていると、自分がいまにも壊れそうなもろい存在に思え、それとともに力が満ちあふれるのを感じる。ビクトリアのなかで眠っていた女性の本能が、彼のために目覚めたかのようだった。

この人はわたしの半身《マイ・ベターハーフ》、知らず知らずのうちに生涯待ち望んでいた人だ、という確信がまえにも増してつのっていく。

うめき声とともに、アントニーが唇を離した。この出来事は彼をひどく動揺させた。ビクトリアに触れるたびに、離れるのがつらくなる。このままいけば、彼女を手放せなくなる日も遠からずやってくるだろう。

「こんな、こんなつもりじゃなかったんだ」かすれた声で言うと、アントニーはむりやりあとずさりした。いつものおちつきを失い、荒れ狂う欲望を隠しきれずにいる。

ビクトリアも同じように動揺していた。あれほど彼と関係をもたないように決心したのに、欲望に押し流されてしまった自分を責めた。

まるで自分がふたつに引き裂かれてしまったような気がする。理性と分別を備え、慎重にふるまおうとする自分と、ふたりのあいだにかよいあう、激しい情熱に圧倒され、行きつく所まで行きたいと望む自分とに。

身をふるわせながら、ビクトリアは片手を突き出した。アントニーをふたたび近づけまい、とするかのように。「ええ、わかってるわ……。わたしもこんなことになるとは思わなかったの。わたしたち……、もっと用心しなくちゃ」

厳しい顔つきで、アントニーがうなずく。「ぼくはどうかしてしまったらしい。いつもは自制心のかたまりなのに」

アントニーの悲痛な告白を聞いて、ビクトリアは思わず微笑《ほほえ》んだ。「あなたの言いたいことはよくわかるわ。ほんとうよ。とまどっているのは、あなただけじゃないわ」

欲望にさいなまれる彫りの深い顔が、それを聞いていくらかやわらいだ。「残念なことに、いまは時期も場所もふさわしくない。だけど、そのうちぼくらの愛しあうときがやってくるよ、ビクトリア。そのときは……」

アントニーの声がとぎれ、ふたりは目と目を見交わした。彼の瞳には切なる思いがありありと浮かんでいる。

息づまるような不安と期待に襲われて、ビクトリアのからだの奥がふるえた。アントニーの全身からたちのぼる激しい欲望は、いつものもの静かな彼からはとても想像がつかない。この男性の激しい内面を知る機会にめぐりあえる人はそうめったにいないだろう。わたしはその恵まれたひとりなのだ。

そう思うと、ビクトリアは深い感動を覚えた。彼の欲望をこれほどかき立てられる自分に、女としての誇りさえ感じる。

ビクトリアの顔が喜びに輝くのを見たのか、アントニーは皮肉まじりに笑った。「あまり自己満足しないほうがいいと思うけどな」わざとおどすように言った。「いいかい、このゲームはふたりそろわないとできないんだぞ」

ビクトリアの顔から微笑みが消え、目が大きく見開いた、哀れな表情になった。「これはゲームなの、アントニー？」彼女はそっとたずねた。

ドアを開けようとしたところで、彼ははたと足を止め、ビクトリアをふりかえった。静かに話しだす彼は誠実そのものだった。「いや、そうじゃない、本気だよ。おたがいそれを忘れないでおこう」

アントニーの腕を取りながら、ビクトリアはうなずいた。彼もまた、たがいに惹《ひ》かれあう気持ちを真剣に受けとめているとわかって喜びがこみあげる。しかし、それを表情には出すまいとして、平静なふりを装った。

しんと静まり返った廊下をふたりは歩いていった。両側に先祖代々の肖像画がずらりと掛かっている廊下の先には、シャンデリアの明かりがこうこうと灯《とも》る曲がりくねった階段があった。ふたりはそこを下りて、アントニーの母親の待つ居間に入っていった。

フィオナ・ダーシー夫人を見てビクトリアが受けた第一印象は、細身の上品な女性というものだった。シルバーブロンドの髪に縁どられた顔には、絶世の美女だったころのなごりがいまも残っている。婦人はチッペンデールの優美な長椅子《いす》に腰かけ、アイボリーシルクのガウンを上品に着こなしていた。さして皺《しわ》もない首にはダイヤモンドとサファイアをあしらったチョーカーをつけ、耳と手首にも、それとそろいの宝石が輝いている。

夫人は姿勢を正して座り、背筋が長椅子の背に触れてもいなかった。引き締まった顎が心持ち上がり肩もぴんと張っている。

その姿から夫人の年齢を想像するのはむずかしいが、五〇代だというのはビクトリアにもわかっていた。けれど、夫人にはいくつになっても色あせることのない若々しさが備わっている。

「アントニー」ふたりが部屋に入ると、夫人はかすかに驚きの声をもらした。「おかえりなさい。お客さまとおまえをお出迎えできなくてごめんなさいね。留守にしてたものですから」

息子が身をかがめて頬に軽くキスをした。そのあいだ、フィオナ夫人はビクトリアのほうに視線を移していた。夫人にまじまじと見つめられたが、ビクトリアは少しも不愉快ではなかった。そこにこもっているのは好奇心と期待だけだった。

「いらっしゃい」片手を差し出しながら、夫人は言った。「うちの息子から電話ですばらしい知らせを聞いてからというもの、お会いするのを待ちこがれてましたのよ。あなたはお母さまにとてもよく似てらっしゃるわ」

フィオナ夫人が快く迎えてくれたので、ビクトリアは意外な気がした。冷ややかな目で見られるだけならまだいいほうだ、と覚悟もしていた。ところが、この家の女主人はこれ以上は望めないほど真心こめて愛想よくもてなそうとしている。

「どうも……、ありがとうございます。ここにお泊めいただくのがご迷惑じゃなければいいんですけど」

「とんでもない！　ホテルに行きたいなんておっしゃらないでね。アントニー、いい子だから、飲み物を作ってちょうだい。そのあいだにビクトリアとお話ししてますから」

苦笑を浮かべて、アントニーはおおせのままにと言って引きさがった。フィオナ夫人が自分の隣の長椅子をぽんぽんとたたいて言う。

「お座りなさいな。その色、とてもよくお似合いよ。あなたのお母さまもそんな色のドレスをよく着てらしたわ。あの方は流行にとても敏感でしたから。あなたのお父さまもそう。ふたりとも最先端をいってらしたわ。当時はそんな言葉は使いませんでしたけどね。いまでも信じられないのよ、あんなことになるなんて」

「そうですね」ほんの少し圧倒されながら、ビクトリアはつぶやいた。フィオナ夫人は華奢に見えても、芯《しん》は強く、活発な女性にちがいない。

アントニーの差し出すジントニックを受け取ってビクトリアは慎重に話しだした。「両親のことは何ひとつ覚えていないんです。わたしがヘレフォード伯爵の孫だと信じられないのもひとつはそのためですわ。あまりに現実離れしているような気がして」

「ええ、そうでしょうとも」フィオナは慰めるように言った。「でも、アントニーに聞いた話からすると、あなたはビクトリア・アルジャーソンにまちがいないわ。いま、こうしてあなたにお会いして、いっそう強く確信しました。そうとわかれば、ぜひ――」

　フィオナはそこではたと話をやめ、アントニーのほうをちらりとうかがった。それに応《こた》えて、息子は目立たぬようにかすかにうなずいてみせた。

「ねえ、わたくしもつらいけど、あなたにお話ししておかなくてはならないことがあるのよ。ご承知でしょうけど、あなたのお祖父《じい》さまはからだが思わしくなくて、最近入院までなさったの。もちろん、あなたが生きていると知ってとても喜んでいらっしゃるわ。この二、三日、話すことといえばあなたのことばかり。でも、興奮しすぎたのがいけなかったのね。今朝、二度目の発作が起きてしまったの」

　ビクトリアはあわててグラスを置いた。そうでもしないとうっかり落としてしまいそうだった。話す声がふるえている。「伯爵は……、それほどお悪いんですか？」

「いまのところはおちついてるよ」アントニーが静かに言葉をはさんだ。「これが初めての発作じゃないんだ。いままでにも何度か発作にみまわれているから、医者も絶えず目を光らせている。伯爵の受けている治療はこの世で最高のものだし、近いうちにきっと元気になるはずだ」

「そうですよ」フィオナがあいづちを打つ。「伯爵はたいしたお方ですもの」顔をほころばせて言った。「でも、患者としてはあまりほめられたものではないわね。あなたに会いたいの一点張りなのよ」

「伯爵はその……、面会を許されているのでしょうか？」

「医者はノーと言っている」アントニーが正直に答えた。「だが、きみの場合は例外を認めてくれるだろう」

アントニーの話をうわの空で聞きながら、ビクトリアはうなずいた。伯爵の病状が悪化したのは彼女にとって大きな打撃だった。伯爵への思いは、赤の他人にたいする同情以上のものになっている。そうビクトリア自身、気づいていた。急がないと、生涯望んだ機会が目のまえで消えてしまう。そんな気がしてならなかった。

ディナーの席で、ビクトリアは何度も何度も同じことを考えつづけていた。運命というものはこれほど残酷なのだろうか。念願がやっとかなうというときに、それを奪い去ってしまうほど。

フィオナもアントニーも、彼女のそうした不安に気づかないはずはなかった。意味もない決まり文句でビクトリアを慰めるのではなく、なるべく気をまぎらせ、力づけようとふたりは心がけた。

「伯爵はみんなにあなたを見ていただきたいでしょうから」フィオナがたのしげに言う。「お元気になられたら一刻も早くあなたを紹介するパーティを開きましょう。そのあいだは退屈しないですむわ。社交シーズンが始まったばかりですからね」

ビクトリアにとってロンドンの社交界に首を突っこむことほど、気乗りしないものはなかった。そのなかに入る資格が自分にあるかどうかも、いまだに疑問だった。「わたしのことはどうぞおかまいなく。ひとりでいても平気ですから」

フィオナはなおもつづけようとしたが、アントニーがすかさず割って入った。「そういうこともあとで決めるとしましょう、お母さん。ビクトリアは長旅で疲れきってるはずですよ。疲れがとれるまで少し待って、それから社交界の渦に巻きこめばいいでしょう」

「もちろんですとも、おまえ。ただ、この方に……、場ちがいな気持ちを抱いてほしくなかったものだから。この世界の人間なのですよ」

「そう言ってくださるのはとてもありがたいんです」ビクトリアはつぶやいた。「でも、たいていの方はきっとわたしにびっくりなさるでしょう。もしよろしければ、ゆっくりと事を進めていきたいんです」

「それがいい」アントニーが同意する。「この一件でマスコミが大騒ぎするのは目に見えているからね」

フィオナの顔がかすかに青ざめた。「わたくし、それを忘れていたわ。誘拐事件が起きた当時、マスコミには手を焼いたものよ」

ビクトリアも、自分がマスコミの目を引くことを考えに入れなかったわけではない。だが想像するだけで胸が締めつけられた。「なんとか避ける方法はないのでしょうか」引きつった声で言う。

「避けては通れないな」アントニーが答えた。「なるべく目立たないようにするしかないね」一瞬ためらってから言いそえる。「警察もきみの話を聞きたがると思うよ」

「どうして？　こんな昔の事件にいまさら興味をもつなんておかしいわ」

「それがちがうんだ。世間の注目をさかんに集めた誘拐事件を解決しそこなって、警察は面目を失った。それをいまでも取り戻したがってるのさ。それに、犯人の一味だって全員が死んでるとはかぎらない。そのなかの何人かは、いまでもこのあたりをうろついてるかもしれないよ」

ビクトリアの手から水の入ったグラスがすべり落ちて、床に砕け散った。繊細なクリスタルが先のとがった細かい破片となって四方に散らばっている。無意識のうちにビクトリアは破片を拾い出し、手のひらを流れる赤い筋にぼんやりと見入った。

アントニーがすぐさま駆けつけた。執事が反射的に差し出す清潔なリネンのタオルをつかんで、ビクトリアの手に当てる。「動かないで」アントニーは厳しい声で命じ、そのあいだに召使たちが急いで破片を片づけた。

かすかな記憶でしかないのに、いまだに恐怖を覚えてしまう顔が、ビクトリアの目のまえをよぎった。誰のものかはわからない、恐ろしい声が遠くに聞こえる。吐き気がこみあげて、喉の奥を熱く焦がす。胸がきりきりと締めつけられて、どうにも息ができない。

すべてがスローモーションで動いているようだった。険しい顔のアントニーが身をかがめて、ビクトリアを抱き上げる。フィオナがそのかたわらでおろおろしている。夫人の口は動いているのに、ビクトリアには何も聞こえない。ダイニングルームがふわりと宙に浮いてうしろに遠のく。中央のホールも、曲がりくねった階段も、ビクトリアの部屋につづく階段もそんなふうにして遠のいていった。

部屋にはキャティがいて、ベッドの脇《わき》にほうたいと洗面器を置いていた。ビクトリアをアントニーがベッドに横たえる。おおげさなことはしないで、と言いたいのに、彼女の舌は回らなかった。

ドアが閉まった。キャティとフィオナは部屋を出ていった。というより、アントニーに追い出されたようだった。アントニーは上着を脱ぐと、ベッドの端に腰かけた。唇を真一文字に結んで、巧みにビクトリアの手にほうたいを巻いていく。

ビクトリアはしばらくのあいだ、たくましく優雅な彼の姿をうっとりと見つめていた。ひとふさの黒髪が額に垂れ、唇は血の気がうせて、輪郭が白く浮き出ている。ほうたいを巻く手もかすかにふるえている。

そっとビクトリアはつぶやいた。「くせになりそうだわ」

アントニーは急いで顔を上げ、彼女と目を合わせた。「何が?」

ビクトリアの口もとに中途半端な笑みが浮かぶ。「あなたに倒れかかるという困ったくせができたみたいよ」

ビクトリアに元気が出てきたのを知ってほっとしたのか、アントニーの目がやわらいだ。

渋い顔をして彼が言う。「そういう言い方をしてくれるとありがたい。きみを驚かす困ったくせがぼくにできたと言われてもいいはずなのに」

「そんなふうに考えないで。あなたの話を聞いてこうなったんじゃないの」

ほうたいを巻き終えると、アントニーはベッドに深くかけて、こちらを真剣なまなざしで見た。「そうかな。やはりぼくのせいだと思う。いまさらこんなことを言っても遅いけど、きみのお祖父様の病状を知らせるにしても、もっと言葉に気をつけるべきだった。マスコミや警察の問題だってそうだ。誘拐犯人の話はどうか忘れてくれ。連中がこの界隈《かいわい》をうろついてると本気で思ってるわけじゃないんだ」

「忘れたくてもむりかもしれないわ」ビクトリアは言った。「わたしの頭のなかで何かが蠢《うごめ》いてる感じなの……。顔、イメージ、何ともつかないけどすごくリアルで。そのうち、警察の役に立つようなことを思い出せるんじゃないかしら」

ビクトリアの話にじっと耳を傾けながら、アントニーは片時も彼女の顔から目を離さなかった。枕《まくら》に髪を散らして横たわるビクトリアはひどく青ざめ、はかなく見える。

美しくまとっているドレスが、白く輝く肌をいっそう引き立てている。あらわな肩、胸のふくらみ、くびれた腰がアントニーの意識をとらえて離さない。彼女にたいする思いやりは激しい欲望に変わろうとしていた。

「気分がいいなら」アントニーがつぶやく。「ぼくはこれで引きあげるよ」

「いや……」思わずビクトリアは口走っていた。引きとめてはいけない、と理性ではわかっているものの、感情がビクトリアを圧倒する。いっしょにいてほしい。アントニーに自分の素姓を告げられた夜にも増して彼がほしい。求める気持ちは切実だった。彼がここにとどまればきっと情熱的な夜になるだろう。それでもかまわない。

アントニーが腰を上げ、ベッドの横に立った。こちらをじっと見下ろし、からだをこわばらせている。彼が心の葛藤《かっとう》に苦しんでいるのを知ると、ビクトリアはそれをあおることに、少しもうしろめたさを感じなかった。

片手をついてからだを起こし、むき出しの肩に乱れた髪を垂らして、ビクトリアはつぶやいた。「行かないで、アントニー。今夜はとてもひとりではいられないわ」

トパーズ色の瞳にちらつく光は、彼がその気になっているのを物語っていた。けれどもまだ決心がつかずにいる。ビクトリアは勇気を出して、さらに詰め寄った。

「まえにも泊まってくれたでしょう。あのときは何も起きなかったわ」

そうだ、とアントニーは思った。自分は紳士ではないか。欲望をまじえずに、彼女をいたわり、不安から守ってやることもぼくならできるはずだ。

「キャティがここに朝食を持ってきてくれる」

「それまでに出ていけばいいわ」ビクトリアはけがをしていないほうの手を差し出し、柔らかい指先で激しく脈打つ彼の手首や手のひらをそっと撫《な》でた。

ここにとどまってはいけない、と訴える理性の声もあっというまに遠のいていった。信じられないほどに愛らしく勇敢で傷つきやすいビクトリアのことしか、いまは考えられなかった。そして、彼女に引き止められているというだけで、喜びが熱く胸をこがした。

確かに、こんなときビクトリアに背を向けて出ていくのはむごい。自分が行ってしまったら、彼女は眠れぬ夜を過ごすことになるだろう。いま、ビクトリアは休息を必要としている。これから立ち向かっていかねばならないさまざまな試練に備えるためにも。

ただビクトリアに添い寝をするだけが何の罪になるだろう。不安な夜から彼女を守ってあげるのはぼくの義務であり、ぼくだけに許された特権でもあるはずだ。

ビクトリアは瞳を輝かせながら、ことのなりゆきを見守った。アントニーはベッドを離れると、部屋の向こう側に行った。ドアのところで立ち止まり、ロックしてから室内の明かりをひとつひとつ消し、カーテンを引く。

アントニーがベッドに戻るのを見て、ビクトリアはひそかに勝利のため息をもらした。

10

アントニーはベッドに仰向《あおむ》けになり、頭上にかかる天蓋《てんがい》をじっと見上げていた。片手で腕枕《うでまくら》をし、もう一方の手をビクトリアのからだに回している。彼の肩のくぼみに頭を埋《うず》めて、ビクトリアは規則正しい寝息を立てている。その寝息が、アントニーの肌をさっきからくすぐりつづけていた。

ビクトリアを起こさないよう気をつけながら、アントニーはほんの少しからだをずらした。欲望のうずきはそれでもなかなか静まらない。誰からも知的でクールな男だと思われている自分が、これほど情けない立場に自ら追いこまれるとは。

部屋の外はひっそりとしている。いちばん遅くベッドに入った召使でさえ、とうに眠りについている時間だ。

屋敷を取りまく高い石壁の向こうから、ときおり車の通る音が聞こえてくる。しかし、それもしだいに少なくなっていた。隣近所も、街も、おそらく国全体が、寝静まろうとしている。

ただひとりを除いて。アントニーはこれほど眠れない思いを味わったことがなかった。神経のすみずみまでが妙に冴《さ》えわたり、ほんのわずかな刺激にもすかさず反応した。

そのひとつが、ビクトリアの腕だった。彼の裸の胸にもたれかかる腕は、温かなシルクの肌触りがする。そう思っただけで眠れそうになかった。そのうえ、肘の内側から花の香りまでただよってくる。

アントニーのからだに押しつけられた柔らかな胸のふくらみはなかでもいちばん気になった。眠っているうちに彼の両脚のあいだに入りこんだ細い脚も、神経が高ぶる原因となった。

ブリーフ一枚になるとは、ばかなことをしたものだ。ふたりとも服を脱げば、おたがいにずっと心地よく眠れるとビクトリアに言われたときは、いい考えだと思ったのだが。もっとも、彼女にとって服を脱ぐというのは、バスルームのなかにこもって、くるぶしまでの丈のシルクとレースのナイトガウンに着替えることだった。

ビクトリアがバスルームから戻ってくると、アントニーはすでにベッドに入っていた。神妙にカバーにくるまり、たとえ自殺行為になろうとも紳士としてあくまでこのままで通す覚悟を決めていた。しかし、無念なことに、その一大決心も時がたつにつれてしだいに薄れていった。

ビクトリアが何かつぶやき、おちつかなげに寝返りを打った。まえよりさらにじらすように彼女の胸がアントニーを圧迫する。彼は押し殺したうめき声をあげ、不動の姿勢を保とうと精いっぱい努力した。が、そのかいもなく、からだはひとりでに動きだした。

何をしているのか自分でもわからないまま、アントニーは薄いシルクの上から華奢《きやしや》な背中を撫《な》でさすった。皮肉なことに、この愛撫《あいぶ》は彼自身に切ないほどの興奮をもたらし、ビクトリアには安らぎをもたらした。彼女は身動きひとつしなくなり、さらに深い眠りに誘われていった。

それこそ死にもの狂いで、アントニーはかたくなに目を閉じ、ビクトリアと同じ眠りにつこうとした。だが、やはりむだな努力だった。これほど夜が長いと思ったことはない。いつもは川の急流のように早々と過ぎゆく時間も、このときばかりはいっこうに先へ進もうとしなかった。いまならば、ビクトリアによってかきたてられた感情とどうつきあっていけばいいか、考える時間はたっぷりある。

あす、というより、きょうだが、ビクトリアは伯爵に会う。そして、ことによると伯爵の孫娘として新たな人生を歩みはじめる。遠からず、これまでの暮らしに背を向けなければならないとわかる日がくるだろう。

とうぜん、ビクトリアが苦しむのは目に見えている。それに追いうちをかけるように、マスコミや警察が彼女を苦しめるにちがいない。

からだの欲望よりもはるかにやりきれない思いがアントニーの心を貫いた。自分の力では、この先起きるつらい出来事からビクトリアを守ってやれない。つらさのあまり、彼女は住みなれた世界に救いを求めて帰ってしまうかもしれない。

紳士としての義務を果たしているうちに、自分は永久に彼女を失ってしまうかもしれない。いや、そうならないかもしれない、と誘惑の声がささやきかける。いま彼女を自分のものにしてしまえばいい。新たな人生に伴う緊張や悩みが彼女に襲いかかるまえに。

その考えをアントニーはすぐさま追い払おうとした。彼女の信頼につけこむとは、あまりに卑劣なやり方だ。ビクトリアはこのぼくを信頼している。彼女の言葉、行為、すべてにそれはあらわれている。信頼があればこそ、ビクトリアはこうして愛らしくからだを寄せ、ぼくの腕のなかで心地よく眠っていられるのだ。

ビクトリアが身の危険を感じることなく安らかな眠りについているのを見て、男としての彼のプライドはいくぶん傷ついた。欲望のためにさながら拷問のような苦しみを味わっている男のそばで、ビクトリアがこれほどくつろいでいられるとは、どうしてもわりにあわなかった。

それが癪《しゃく》だからこそ、向きを変えてみるのだ、とアントニーは自分に言い聞かせた。そうしてビクトリアのからだを仰向けにし、その上からかたく引き締まった自分のからだをかぶせた。

ビクトリアが目覚めるかどうか絶えずようすを見ながら、アントニーはゆっくりと身をかがめて、喉もとの柔らかなくぼみに優しく唇を当てた。反応はない。すでに勢いを増している彼の鼓動は恐ろしいくらいに高鳴ったが、ビクトリアはびくともしない。

いまやすっかり当惑して、アントニーは先をつづけた。絹のようななめらかなビクトリアの肩を唇でなぞり、ナイトガウンの胸もとにそっと入りこみ、ようやく豊かな乳房にたどりつく。

身動きひとつしない。アントニーは顔を上げ、眉をひそめて彼女をにらんだ。むらむらと怒りがこみあげる。ぼくの愛撫にどうしてそう無頓着《むとんじやく》なんだ！

カバーをはぎ取ると、アントニーは彼女の腰に両手を添えた。その手は平たい腹部、そしてくびれたウエストを這《は》い進み、乳房の下側をそっと包んだ。両の親指が乳首を軽くさする。

やっとビクトリアは反応した。目を覚ます気配はなかったが、ばら色のつぼみがふくらみ、かたくなるのが薄いシルクを通してはっきりとわかった。

手の代わりに唇でそこをさすると、かすれた声がビクトリアの口からもれ、アントニーはますます励まされた。彼女が目を覚まし、意識を取り戻すまでにどこまでやれるだろうか。深呼吸すると、アントニーはナイトガウンの肩紐《かたひも》を外して、腰のあたりまで引き下ろした。

ビクトリアはそっとため息をつき、彼のほうにからだをのけぞらせた。それもしっかりと目を閉じたままで。彼女の息づかいが速まってきたのに気づいて、アントニーはひとり悦に入った。ゆっくりと時間をかけて、彼は甘美な愛撫をくりかえした。ついにビクトリアの細い脚が彼にからみつき、細い腕が激しく彼を抱き締めた。

そのあいだずっと、ビクトリアの目は閉じられたままだった。ナイトガウンが腰にまとわりついて、太腿があらわに見えている。その光景をアントニーは心ゆくまでたのしんだ。ひそやかな柔らかい茂みだけが、まだアントニーの目にさらされていなかった。しかし、それもいまのうちだ。

まずは……、無表情な顔を少しも崩さずに、アントニーはベッドのすそに手を伸ばして、無造作にめくってあったカバーをつかみ、ふたりの上にそっと掛けた。それから仰向けに寝ころんで、しっかりと目をつむった。

数秒後、アントニーの隣で身動きする気配がした。マットレスがきしんだかと思うと、ビクトリアが半身を起こした。「アントニー……?」ためらいがちに彼女はささやいた。

アントニーは返事をしなかった。じっとしていることだけに全神経を集中していた。不自然なほど激しく上下している胸、両腿のつけ根のあたりをおおうカバーがぴんと張っているほかは、まるで死人と同じだった。

早くしないと、彼の興奮が冷めてしまう。ビクトリアはとっさに自分に言い聞かせた。

もう遊び心は彼女のなかから消えていた。

繊細な指先がそっとアントニーの胸を這っていく。じゃまなカバーを払いのけ、黒く渦巻く胸毛を押しわけていく。

ベッドの上に座りこんで、ビクトリアは念入りに彼の姿を観察した。カーテンのすきまからもれる銀色の日光が、彫りの深い顔に陰影を与えている。それはさながら芸術家の手で、人間の持ちうるかぎりの力強さと優雅さを注ぎこまれた彫刻のようだった。

ビクトリアの胸に女にしか味わえない感動の波が広がった。彼女はふたたび手を伸ばして、つややかな肌のぬくもりと粗いシルクのような感触を心ゆくまで味わった。

手のひらの下で波打っているかたく引き締まった筋肉に触れて、ビクトリアも期待に張りつめた。からだの芯《しん》はそれと反対に甘くとろけ、彼への欲望で熱くほてる。ビクトリアの目で見るかぎり、彼のからだも同じ欲望に満ちていた。けれども、じっと動かずにビクトリアの愛撫を受けている。どうやら彼女にすべてをまかせるつもりらしい。

ビクトリアは少しもためらわずにこの自由なひとときを奪い取った。自分では、それほど大胆にふるまえるたちではないと思っていたけれど、いまはちがう。ただ、心の奥底ではほんのわずかな自制心が働いていた。

アントニーは本能的にそれを察した。じっとしているのは並大抵の努力ではなかったが、どうにか持ちこたえた。すると、ビクトリアが彼の唇にゆっくりとくちづけした。

激しいふるえがアントニーのからだを駆け抜ける。彼の目はとっさに開き、胸にかかるライトブラウンの髪にじっと見入った。

ビクトリアは顔を伏せていた。アントニーには彼女の表情こそ見えなかったが、舌を這わせることが彼女にどれほどの喜びをもたらしているか、感じ取ることができた。

アントニーの手は拳《こぶし》をつくり、マットレスに深くくいこんだ。かすれたうめき声が思わず彼の口からもれる。ビクトリアにたっぷり時間を与え、ふたりの新たな体験になじんでもらおうという思いつきは、いつのまにか頭のなかから消えうせていた。

ビクトリアの影響力というものを、彼は軽く見すぎていた。この切ない苦しみにはもはやこれ以上どうしても耐えられなかった。

からだのなかではじけ散る興奮の波に酔いしれながらも、ビクトリアは気づいていた。この一線を越えてしまったら、もうあと戻りはできない。自分を守ろうとする用心深い一面が頭をもたげ、引き返すようにと訴える。

遠くに聞こえるその声を、ビクトリアはかたくなに無視した。慎重にふるまう時期はとうの昔に過ぎ去った。どういう結果に終わろうとも、もうあとへはひけない。

自分が何をしているのか、これからどうなるのか、十分心得ながら、ビクトリアはかたく小さな乳首を舌でもてあそんだ。それを口に含んで吸うと、今度は軽く噛《か》んだ。

アントニーのからだを締めつけてやまない緊張の糸はそこで一気にはじけ飛んだ。喉の奥から低いうなり声をあげると、彼の大きな手がビクトリアの髪にからみついた。

ビクトリアの頭を引き離して、彼は荒々しい欲望に輝く瞳でじっと瞳をのぞきこんだ。

「ビクトリア」かすれた声で言う。「自分が何を望んでいるのかわかっているんだろうね。言っておくが、その望みは必ずかなうんだぞ」

ビクトリアがそっと誇らしげな笑みを浮かべた。その笑顔はいいようもなく挑戦的だった。彼女は勝ったつもりでいるらしい。どちらが勝つか、見てからのおたのしみだ。

アントニーは自制心を失っているとはいえ、今夜を彼女にとって忘れられないものにしようと思うだけのゆとりはまだ残っていた。

枕にもたれながら、ビクトリアは温かくけだるい興奮に包まれた。彼女がじっと見守るなか、アントニーはベッドから身を起こして、急いでブリーフを脱ぎ去った。裸の彼を目の当たりにして、ビクトリアは思わず息をのんだ。

かすかな不安がさざ波のようにビクトリアのからだをふるわせる。アントニーの圧倒的な男らしさは、彼女の想像をはるかに越えていた。彼を切に求めながらも女としての本能がビクトリアに恐怖を抱かせた。知らず知らず、彼女はあとずさりした。

アントニーはベッドに戻ると、ビクトリアのかすかな変化に気づいた。ビクトリアの瞳は嵐《あらし》の夜のように暗くかげり、唇がかすかにふるえている。それを見て、彼はしばらくためらった。すさまじい欲望も、こみあげるいとおしさのためにいくらかやわらぐ。

口もとをほころばせて優しく微笑《ほほえ》むと、アントニーは彼女のほうに手を差しのべ、頭のうしろをそっと包みこんだ。「怖がらないで、愛《いと》しい人」と甘くささやく。「きみのおかげで、ブレーキがきかなくなるところだったよ。だけどもうだいじょうぶ、ゆっくりと時間をかけて愛しあおう」

その言葉にビクトリアはすがりつきたかった。わたしのすべてを満たすことのできるのは彼しかいない。身も心も彼を求めて泣き叫んでいる。アントニーを退けるのは、自分自身を拒むのと同じこと。いまのわたしにはとてもそんなことはできない。かといって本能的に胸に芽生える警戒心を無視することもできなかった。

抵抗ひとつしないうちに、ビクトリアは彼に抱き寄せられた。けれども、まえのように彼が先走ることはなかった。彼女はただ静かにアントニーに抱かれ、彼の胸が激しく鼓動するのをじっと頬に感じていた。

はやる心を抑えながら、アントニーはひたすら待った。ビクトリアの不安が薄らぎ、自分と同じ心の高ぶりを感じてくれるようになるまで、静かに抱き締めていた。彼の胸できつく握られていた小さな手がほどけ、ためらいがちに彼に触れようとしたとき、アントニーは深々と息を吐いた。

ビクトリアの警戒心がふたたび頭をもたげないように、アントニーはさらに優しく抱き寄せ、そっと彼女をベッドに横たえた。両肘をついてからだを支えながら、ビクトリアの上にかぶさると、微笑みかけた。「断っておくけど、ぼくがこれからやろうとしていることは、少しも紳士的じゃないからね」

ビクトリアはそっと笑い声をもらした。アントニーが優しくからかってくれて、自信がよみがえる。

「とてもそんなこと信じられないわ。あなたはいつだって申しぶんのない紳士よ」

「それもそうだ」愛想よくアントニーは受け、ビクトリアの唇に軽くキスしてから言いそえる。「きみの許しが得られたところで、始めさせてもらうよ、お嬢さん」そう言って、柔らかな彼女の脚のあいだにたくましい太腿を差し入れる。「これは文化の交流だと考えてもらいたい」アントニーの声はかすれていた。豊かな両の乳房をそれぞれの手で包みこむ。「きみのアメリカ的なひらめきと、ぼくのイギリス的ながんばりを結集するんだ」

彼の愛撫にうっとりして、彼のほうにのけぞりながら、ビクトリアは静かに笑った。

「あなたのお国ではこれをそう呼ぶの？　がんばるって？」

アントニーがにやりと笑った。「くじけずに最後までやることをそう言うのさ。ほかにもいろいろとあるがね」

「〝いろいろと〟のほうに興味があるわ」

「困ったな。あすの朝、きみから白い目で見られるんじゃないかな」

「そうかもしれないわ。でも、一生懸命努力してくれたら、ああ……、アントニー！」ビクトリアの口から思わず小さな悲鳴がもれる。アントニーの片手が彼女の欲望の芯に伸び、そこを正確に探りあてた。そして、軽くさすりはじめる。そのとたん、ビクトリアのなかで甘くとろけていた欲望に火がつき、熱く燃えさかった。

快楽の波間をただよいながらも、ビクトリアは枕にそっと押し戻されたことにうっすらと気づいた。アントニーがからだを重ねると、彼女は両手を回して自分のほうに引き寄せる。

ビクトリアの不安が消えたかどうか、彼はそれまで確信がもてなかった。でも、いまはちがう。ビクトリアの瞳は炎のように燃え、何ひとつためらうことなく彼を迎え入れた。すっかり消えうせたわけではないにしても、彼女の警戒心は断固として遠ざけられているのがそれではっきりした。

薄暗く静かな部屋で、時を越え、ふたりは求めあうままにからだを合わせた。いままで味わったことのない甘美な気持ちにひたりながら、アントニーは彼女の腰を持ち上げて、なかに入る道を探りあてた。それでもまだ、先を急ごうとはせずに、じっと待ち受けた。ついにビクトリアの細く柔らかな手が彼にしがみつき、さらに近づけようとした。

ふたりの荒い息づかいが静かな室内に広がるなか、ビクトリアのからだは激しく彼をとらえ、暖かい湿原へ導いた。アントニーはしばらくそこにとどまり、彼が満たす世界にビクトリアをなじませた。

ビクトリアはかすかにうめき、枕にのせた頭を前後に激しく振った。彼を包みこもうとして自分が張りつめていくのが感じられる。

これほど親密な結びつきを、ビクトリアはいままで経験したことも、想像したこともなかった。彼女にとってはまさに未知の世界だった。アントニーは自分の一部となり、身も心も彼とひとつに溶けあっていくようだった。

アントニーがからだを動かしはじめると、彼女も無意識にそのリズムに合わせた。快感がからだをますます強く締めつけていく。

恍惚《こうこつ》と苦悶《くもん》のはざまを、ビクトリアはただよっていた。何と名づけたらいいのかわからないけれど、それなしにはこれ以上耐えられない何かを求めて、彼女は泣き叫んだ。

「だいじょうぶだよ、ビクトリア」苦しそうにあえぎながら、アントニーはかすれた声でつぶやいた。月明かりのもとで、彼の大きなからだが黒い影となってビクトリアに重なりあう。たくましい腕は彼女を優しくとらえて離さない。

彼のつややかな肌には汗が一面に張りつき、いっそう輝いて見えた。厚い胸板が激しく上下している。それでも彼はまだ自分を抑えている。来たるべきときをじっと待ち受けて……。

ビクトリアはなすすべもなく、ただむせび泣いていた。アントニーの最後の自制心を打ち砕こうとして、からだをのけぞらせ、さらに奥まで彼を迎え入れる。解放の喜びに達した男のかすれたうなり声を遠くに聞いたとき、ビクトリアもまた自らを解き放っていた。アントニーが力つきて彼女の上に崩れ、肩のくぼみに顔を埋めた。その重みでビクトリアのからだはマットレスに押しつけられる。

愛しさが胸にこみあげて、ビクトリアは彼のからだを優しく抱き締めた。汗にまみれた背中を撫で、豊かな黒髪に指をからませる。

長いあいだふたりはそのまま重なりあっていた。ようやくアントニーが顔を起こすだけの力を取り戻して、ビクトリアをじっと見下ろした。トパーズ色の瞳はきらきらと輝き、満たされた欲望と、何かそれ以上のものを物語っている。征服感。彼はビクトリアを自分のものにした。それをたがいの胸に覚えこませておきたかった。

ビクトリアのからだからわずかに離れて、アントニーはつぶやいた。「重たいだろう」

「そんなことないわ」アントニーにしがみつきながら、ビクトリアはため息をもらした。「この感じが好きよ」

何のてらいもない率直な感想に、アントニーは思わず笑いだした。ビクトリアは頬を赤らめたが、すでに遅かった。もっとも、いまさら恥ずかしがるのもおかしな話だ。

「それはおたがいさまだよ」アントニーがさらに彼女を抱き寄せた。なめらかな頬を優しく撫でながら、彼はつぶやいた。「わかるだろ、こうなるはずじゃなかったんだ」

「ええ……、そうね。でも、現に起きてしまったわ」濃いまつげのあいだからアントニーを見上げる。「後悔してる?」

すかさずアントニーが笑った。「と、言いたいところだが、ちっともそうじゃないよ」指先をほんの少し丸めて、ビクトリアの顎に添える。「きみはどう?」

胸もとでビクトリアが微笑むのを、彼は感じた。「あなたのうぬぼれをそれ以上ふくらませるのは癪だけど、少しも後悔してないわ」

「ふくらむといえば……」

びっくりして、ビクトリアは目を上げた。「冗談でしょう」

「紳士たるもの、こんなときに冗談は言わない」

「まあ……、つまり、こんな状態ではとても眠れそうにないってこと?」

「そのとおり。でも心配してないよ。きみのアメリカ的なひらめきで、いい解決法を見つけてくれるだろうからね」

「あなたのがんばりはとどまる所を知らないのね」

「まさしく」

ビクトリアは小さく笑いながら、すでに彼のほうに手と唇を差し出していた。熱い期待がからだのなかを駆け抜ける。アントニーを喜ばせる力が自分にあるのを知って、その期待はいっそう高まった。

やがて、ふたりの情熱はたがいを駆りたてあい、アントニーは極限まで張りつめ、ついにはじけ散った。

ふたりはともに満足して果てた。

それからだいぶあとになって、アントニーの腕のなかで眠りに落ちながら、ビクトリアは思った。彼はいつだって申しぶんのない紳士だわ。

11

　翌朝早く目覚めたビクトリアは、ベッドにひとりでいることを少しも寂しく思わなかった。夜明けまえ、アントニーがベッドから起き出して、召使にここにいるのを見つけられると面目が立たないと彼女の耳もとでつぶやくのを、かすかに覚えている。

　アントニーはそのまま自室に引き返すつもりだった。けれども昨晩、炎のように燃えさかった情熱がふたたびふたりを虜《とりこ》にした。朝いちばんのしらじらした光が東の空から差しこみはじめてから、アントニーはやっとの思いでビクトリアのもとから去っていった。

　ふたりで分かちあったすばらしいひとときを思い返して、ビクトリアは口もとをほころばせ、気だるげに伸びをした。これほど満ちたりた思いと、これほどあきたりない思いを同時に味わったことがいままでにあっただろうか。

　アントニーの腕に抱かれて初めて、彼女は自分の情熱の深さに気づいた。それにはわれながら驚いた。新しい自分に気づいて、少しばかりとまどった。

　それもそのはずだわ。ベッドから脱《ぬ》け出し、バスルームに向かいながら、ビクトリアは思った。きのうを境に、わたしは新たな人生を歩みはじめたのだから。

伯爵との面会が、ビクトリアの心に重くのしかかる。伯爵と会うのはもちろんたのしみだけど、早くすませたい、と願う気持ちもなくはない。鏡に映る自分の姿を眺めていると不安になった。お祖父《じい》さまかもしれない人が、このわたしを見たらなんと思うだろう。

フィオナ夫人と同じように、わたしは母親に似ていると言ってくれるかしら。それとも、伯爵の目から見れば、わたしはひとりの見知らぬ若い女性でしかないのかも。ただ、ほっそりとして、やけに大きなブルーの目と不自然なほどはれぼったい唇をした……。

伯爵にどう思われようと、いまさら心配してもはじまらない。そう自分に言い聞かせて、ビクトリアは急いでシャワーを浴びた。

髪を乾かして、メーキャップをほどこし、白いテリー地のバスローブをまとってベッドルームに戻ると、キャティが朝食の用意をしていた。

「おはようございます、お嬢さま。きょうはご気分がよろしいようですね」

実際、そのとおりだったが、いくら利口な彼女でもその理由まではわかるまい。ビクトリアは乱れたベッドをちらりと見やって安心した。あれなら寝苦しい夜を過ごしたとしか思われないだろう。それは半分ほんとうだった。

「ええ、おかげさまで。きょうは天気がよさそうね」

「わたしには少し暖かいくらいですけど。お嬢さまはアメリカからいらしたから、これくらいがお好みかもしれませんわね」

ビクトリアはおかしさをこらえた。キャティとは知りあってまだまもないけれど、おそらく彼女は、『ダラス』やバート・レイノルズの映画、それにタブロイド判の新聞を見て、アメリカというところを想像たくましく思い描いているのだろう。

「そうね……」ビクトリアは南部特有ののんびりした話し方をおおげさにまねて言った。

「あちらの農場はとてもあったかいけど」

キャティは目を丸くしてすばやくこちらを見ると、たのしげに笑いだした。少しも気取ったところがなく、他人にたいする思いやりを忘れないこの若いアメリカ女性には好感がもてた。下でみんながささやきあってる噂《うわさ》がほんとうだといいのに。

その可能性を思うと、ロマンス好きなこのメイドは胸がときめいた。ふたつ並べた枕《まくら》に両方とも頭の形がついているのを、それもすぐそばについているのを見逃しはしなかった。

「お国が恋しくありませんか?」そう言いながら、キャティはクロゼットからカナリヤ色のリンネルのスーツを取り出してベッドの上に置き、その横にレモン色とラベンダーの淡い色あいのシルクのブラウスを並べた。

「べつに……、恋しくはないわね」ビクトリアは言った。言ってしまってから、われながら意外に思った。コネチカットでの生活、店、そして友人は実感としていまも心に残っているし、決して手放したくない。けれども、ここでの刺激的な暮らしにすっかり魅せられてしまったいまは、それほど大切なものには思えなくなった。

メグに必ず電話しよう、そう思いながらビクトリアはコーヒーとクロワッサンの軽い朝食をすませ、着替えにかかった。メイドが出してくれた服を着てみると、申しぶんなく思えた。はつらつとして上品で、これなら祖父やアントニーのまえに出ても恥ずかしくない。

アントニーに会えると思うと、ビクトリアの頬はたちまち赤らんだ。バッグを取る手も心なしかふるえている。キャティの幸運を祈る言葉を背に受けながら、彼女は廊下伝いに中央ホールへと向かった。

ひとりでいるあいだに心をおちつかせようとしたものの、すでにホールで待っているアントニーの姿をひと目見ただけで、それもむだな努力に終わった。いつもながら非の打ちどころのない服装の彼は手をうしろに組み、ホールのテーブルに飾ってあるアイリスと百合《ゆり》の生け花を見るともなく見ていた。

アントニーがこちらに気づくまで、ビクトリアは夢中になって彼の姿を観察した。生まれついての堂々とした身のこなしは、傲慢《ごうまん》というより、自分を知りぬいたうえでの自信に根ざしている。彼女のほうからは横顔しか見えないが、彫りの深い顔立ちには清らかさがただよっている。それは強い性格と意志がつくり上げたものだ。確かに彼はこうと決めたことは必ずやりとげる人間だった。

そこまでは誰の目にも明らかだろう。昨夜彼について学んだことは、外見からはうかがい知れないことばかり。そう思うとビクトリアの口もとは自然とほころんだ。

広い肩、敏捷《びんしょう》で優雅な動作を伴うからだつき。ビクトリアは昨夜、女としての感情を心底揺さぶった強烈な男らしさを改めて思い出した。かすかにふくらんだ下唇には、いまだにビクトリアのからだをふるわせずにはおかない官能的な魅力が感じられた。ほんの少し寄った眉から、彼が心配しているのが見てとれる。トパーズ色に揺らめく瞳は、鋭い頭脳が忙しく働いていることを暗示している。

伯爵との面会を、当事者であるわたし以上に気づかっているのだろう。彼の他人にたいする深い思いやりは、ビクトリアをとても感動させた。彼女が残りの階段を下りてそばに来るあいだ、アントニーの目は柔和な優しさをたたえていた。

ビクトリアの存在に気づくと、彼の顔にある表情がよぎった。それを見て、ビクトリアの顔は喜びに輝いた。つかのま、ふたりは無言で心をかよわせた。恋人同士にしかわからない視線、さりげない微笑《ほほえ》み、触れあう手と手に、言葉にならない思いをたくす。

「おはよう」アントニーの声はかすれていた。「言わせてもらっていいかな。きょうのきみはいちだんとすてきだよ」

「ええ」いたずらっぽくビクトリアは言い足した。「ぐっすり眠れたおかげよ」

ドアを開けようと、執事がふたりのまえにあらわれたので、アントニーは優雅に眉を上げる以外、返事ができなかった。外に出ると、運転手が無表情な顔で待ち受けていた。アントニーは彼女をロールスロイスに乗せると、そのあとに自分もつづいた。

ガラスの仕切り窓のうしろにきちんと納まってから、アントニーはようやく話しだした。「ぐっすり眠ったって？　その言葉を覚えておこう」意味ありげにビクトリアと目を合わせながら、つけ加える。「今度は手加減しないぞ」

ビクトリアはわれながら驚くほど顔が赤くなるのを感じた。こういう男と女の気のきいた会話に不慣れなばかりか、それが及ぼす効果もまったく予期していなかった。アントニーの真横に座り、そっと触れあう太腿やからだのぬくもりを感じ、耳もとをくすぐる低いささやきを聞いていると、ビクトリアのなかでふたたび欲望が頭をもたげはじめる。もう一度彼とひとつになりたいという願望しか、頭に浮かばなくなってしまいそうだった。

ようやく正気に戻ったものの、まだ心は動揺していた。アントニーも同じように動揺しているのがわかって、それで少しは気が休まった。彼の平然とした態度は明らかに見かけだけのものだった。からだのなかで荒れ狂う情熱を隠すための、いわば仮面にすぎない。

隣をうかがうと、やはり、膝の上に置いた細くつややかな手はかたい拳《こぶし》をつくり、指先が上等なウールのズボンにくいこんでいる。高い頬のあたりにはうっすらと赤みがさしている。ビクトリアがそのようすにうっとりと見入っていると、アントニーは自潮《じちょう》気味に口もとをゆがめた。

「ぼくらはうまくいくよ」アントニーがつぶやいた。「危なくて、まっ昼間に運転手といっしょに外にも出られやしない」

彼の苦しまぎれなユーモアにいくらか緊張が解けて、ビクトリアはお返しに言った。

「でも、彼はうしろで何をしててもおかまいなしって感じだわ。幽霊が乗ってても眉ひとつ上げないいんじゃないかしら」

「そうかもしれないな。ぼくらにはついて回るイメージというものがある。英国紳士はいついかなるときも冷静でおちつき払っているものだと相場が決まっているからね」

「英国淑女は？」

トパーズ色の瞳がかすかにかげり、ビクトリアを横目で見た。アントニーが何を言いたいのか、おのずと明らかだった。ただ、念のために彼はこう言った。「英国淑女は、おうようにかまえて、じっと目を閉じ、女王と国のことを考えるものだよ」

「まあ《オー・ディア》」英国式の発音をぎごちなくまねて、ビクトリアはつぶやいた。「わたしにそんなことができるとは思えないわ」

アントニーは息もつかせぬほど魅力的な笑みを浮かべた。「思うも思わないも、きみには淑女らしい無垢《むく》な色気があるよ。ぼくにはたいへんうれしいことだがね」

ほめられた喜びにビクトリアの胸はふるえた。そのせいか、声がうわずっている。「その言い方には矛盾があるみたいだけど」

「ちっとも。ただ、きみは自分を捧《ささ》げることに何の痛みも感じないってことだよ。くしくも、それこそイギリス的な精神なのさ」

ため息をつきながら、ビクトリアはふかふかのシートに背中をもたせた。「そうならいいんだけど。この二、三日、自分をイギリス人に見立てようとしてみたけど、あまりうまくいかなかったわ」

「というと？」

ビクトリアは肩をすくめた。「わたし、紅茶とかクランペットが好きじゃないの。一度だけテレビでクリケットの試合を見たことがあるけど、わけがわからなくてすっかり退屈してしまったわ。仔馬《こうま》の出てくるあの光景を覚えているからって、馬なんか少しも好きじゃないし。自分が馬に乗る姿も想像できないわ。あなた方イギリス人がなぜ王制をたてまえとしてるかも、裁判官がなぜ白い鬘《かつら》をつけているのかも理解できないわ。それに、しゃべり方も……」

「ウィンストン・チャーチルはこう言ったよ。イギリスとアメリカは共通の言語によってへだてられた国だと。いつかはわれわれがひとつになるものと考えていたんだろう」

「そういうことじゃないの」ビクトリアはもどかしげに言った。「わたしは……、何かを感じるはずなのよ。幼いころに住んでいたかもしれない街にこうしてやってきたんですもの。何かふとしたことを思い出していいはずだわ。まして、これから伯爵とお会いするというのに」

「それがそうじゃないというのかい?」

「ええ、さっぱりよ。すべては恐ろしい偶然のしわざじゃないのかしら。ほんとうにそんな気がしてくるわ」

この数日、ビクトリアの胸にしまいこまれていた悩みがようやく顔をのぞかせはじめた。初めて出会う人たちにたいする気づかい、頭のなかをかすめる幻や数々の不安、そんなものが一度に襲いかかったせいなのか、それとも情熱にかられた昨夜の出来事のせいなのかはわからない。ただ、彼女はむしょうに怖かった。それを自分にたいしてもアントニーにたいしても、これ以上隠しておけなかった。

アントニーは深々とため息をつき、運転手がいることも忘れて彼女の肩を抱き寄せた。

「きみが心配するのもむりはない。たとえそれが根も葉もないものであってもね。だいじょうぶ、すべてうまくいくよ」

彼の言葉にビクトリアはすがりたかった。けれどそれはどこか説得力に欠けていた。アントニー自身それを信じているのではなく、ただ希望を述べているにすぎないようだった。

もっとも、彼にしてみればほかに言いようがなかった。ビクトリアにとっても、これから会うことになっている病に伏した老人にとっても、これは大きな賭《か》けだった。期待どおりの結果になるという保証はどこにもない。どちらも精神的にきわどい立場に立たされている。救いはたがいに助け合うことなのだ。

ヘレフォード伯爵が現在入院中の私立病院は、ロンドンの外れにあり、あたりには限られた人々しか住めない、囲いつきの大きな屋敷や絵に描いたような広場があった。ロールスロイスが病院のまえにすべりこむと、ビクトリアは注意深く周囲のようすをうかがった。美しく手入れされた芝生や患者と連れ立って散歩したり車椅子《いす》を押している付添人など、目にするものすべてが富と権力を物語っている。

メインホールに入ると、その印象はいっそう強まった。そこでビクトリアとアントニーは病院の理事長に会った。彼は厳格で折り目正しい人物で、若手の医師や看護婦の一団に取りまかれていた。

ガレス・ジャミソン卿《きょう》と名のるその理事長は、昔ならさしずめ騎士団の隊長といったところだろう。背が高く引き締まったからだつき、背筋をぴんと伸ばして青い目を鋭く光らせている。

お伴している医者たちとちがって、彼は伝統的な白衣を好まないらしく、アントニーと同じように非の打ちどころのないスリーピースを身につけていた。職業柄仕方なく脇《わき》のポケットに聴診器だけはしのばせているようだった。

「ミス・ロンバード」理事長は言った。「伯爵は、あなたに会いたがっています。ですがそのまえに、伯爵の病状について二、三ご説明したいと思います」

ビクトリアはうまく声が出せなくて、ただ黙ってうなずいた。彼女とアントニーは広々とした事務室に案内されて、ばかでかいマホガニーの机の向こうに座るガレス卿と向きあって腰を下ろした。椅子にもたれて、理事長は両手の指の先を合わせ、ふたりをまじまじと見つめた。

「伯爵がわたしの治療を受けられるようになってもう五年になります」と静かに話しはじめた。「あのお歳《とし》、七五歳にしてはなかなかお元気でしてね。しかし、伯爵ご自身はお歳をあまり考えようとなさらない。むしろ、お若いときの気分のままで行動なさるものだから、歳にふさわしくない緊張をしいられるのです。数日まえに起きた心臓発作もそれが原因ですな」

「ミス・ロンバードはお祖父さまの病状をよく心得ています」アントニーはさりげなく言葉をはさんだ。「ですから、伯爵を動揺させることはないでしょう。むしろ、この人がいるだけで、伯爵はずっと心がおちつかれると思いますよ」

ガレス卿は疑わしげな顔をした。けれど、彼の堂々とした威厳をもってしても、目のまえの冷静沈着な男性には太刀打ちできなかった。ふうっとため息をつくと、ガレス卿は椅子の上で居ずまいをただしてビクトリアに告げた。

「この何日か、伯爵はあなたが孫娘であると強く確信なさっています。いま、その確信を揺るがすようなことが起きると非常にまずい。伯爵は生きる気力をなくされるでしょう」

ビクトリアの顔からさっと血の気が引いた。「わかってます。伯爵を動揺させないようできるだけ努力するつもりです。でも、まちがった希望や期待は抱いてほしくないのです。わたし自身、ビクトリア・アルジャーソンだと心から信じているわけではありませんから」

ガレス卿は驚きのまなざしで見返した。ビクトリアが自分の身分を何がなんでも主張するものと思っていたらしかった。あわてて彼は言った。「あなたの立場はお察ししますが、どうか伯爵にはそのような疑問があることをお話しなさらぬように。いま、そういう話を聞かされたら、伯爵はとてもじゃないが耐えられないでしょう」

「わかりました……」ビクトリアは不本意ながらもそう言った。「これは伯爵ご自身の判断におまかせするのがいちばんだと思いますわ。伯爵がわたしをご覧になれば、おのずと疑問がわくかもしれません」

「そんなことはないと思うよ」アントニーはつぶやき、ビクトリアといっしょに席を立つと、ガレス卿のあとにつづいて事務室を出た。「ウィリアム卿は孫娘を取り戻すことがいちばんの願いなんだ。きっときみを孫娘として喜んで迎えてくれるよ」

その言葉はビクトリアの耳にはどこか奇妙に聞こえた。アントニーはたとえ真実を曲げてでも、伯爵の気持ちをだいいちに考えようとしているのだろうか？　しかし、そのことを深く考えるまもなく、一行は病室のドアのまえに着いた。ドアの向こうから、短気そうな怒鳴り声が響いてくる。

「いらん、こんなまずいもの、わしは食べんぞ。さっさと下げてくれ」

「ですけど、閣下」ずっと柔らかく女性的な声がとがめるように言う。「これをお食べにならないと、いつまでたっても元気になれませんよ」

「元気も何もあったものじゃない！　こんな歯ごたえのない食べ物は、おむつをした赤ん坊だっていやがる。わしにはもっとまともな食事を持ってきてくれんか。でなけりゃ、何も食べんぞ」

ガレス卿はやれやれと天を仰いだ。急いでドアを開けると、先に病室に入っていった。

「やあ、ウィリアム。相変わらずご機嫌斜めのようですな。よろしい、ここでひとつ気分がよくなるようにしてあげましょう」

「気分がよくなるだと？」ベッドにいる年老いた白髪の男性が辛辣《しんらつ》な口調で言い返す。

「いったい、どうしてこのわしの気分がよくなるというんだね。わしのビクトリアがきのうから来とるというのに、まだ顔も見せて――」アントニーと並んでドアのそばにたたずむひとりの若い女性にふと気づいて、言葉がとぎれた。

伯爵の顔からさっと血の気が引くのを見て、ガレス卿はあわててそばに駆け寄った。

「さあ、気を楽にして、ウィリアム」優しく声をかける。「この面会をお許しするからには、けっして興奮しないと約束なさったはずですよ」

「わしは……、興奮などしとらん。余計な心配は無用じゃ、きみ！」片手を差し出すと、伯爵はぎょうぎょうしくビクトリアに手招きした。「こっちにおいで。もっとよく顔を見せておくれ」

アントニーが励ますように彼女の肩に触れ、それから優しくベッドのほうに押しやった。そのようすを伯爵の目がすかさずとらえる。

「この娘のめんどうをよくみてくれてるようじゃな。いいやつだ。おまえならきっとわしの望みをかなえてくれると思っておったよ」

「ぼくなりに全力を尽くしましたよ、伯爵」アントニーはつぶやいた。咳払《せきばら》いをして、言いそえる。「ご紹介します、こちらはビクトリア・ロンバード。ビクトリア、こちらがヘレフォード伯爵だ」

ビクトリアが丁重に挨拶《あいさつ》しようとした矢先に、ウィリアム卿が鼻を鳴らした。「くだらん前置きはもうたくさんじゃよ！　ほう、ミス・ロンバードとな。それが本名じゃないのはおまえもよく知っとるだろうが、このばかめ」

自分が口にした言葉にふと気づいたらしく伯爵はもどかしそうに弁解した。

「これは失礼、お嬢さん。わしは言葉づかいが荒っぽくてな。ご婦人方のまえだというのをときに忘れてしまうんじゃよ。だが、そんなことはどうでもいい。わしが欲求不満で事切れるまえに、哀れな年寄りの目をいたわってもっと近くに来ておくれ」

言われるままに近づきながらも、ビクトリアは奇妙に思った。伯爵の目は少しも不自由ではないような気がしたからだ。いまだって十分わたしの顔が見えているはずなのに。

それでも伯爵の望みどおりそばにいったのは、ビクトリア自身、好奇心にかられたせいでもあった。老いてはいてもまだまだ血気盛んな目のまえの男性の反応ひとつで、自分の身元ははっきりする。伯爵はうなずいてくれるだろうか。それとも首を横に振るだろうか。それを知るのは怖い気がしたが、ビクトリアはふたりをへだてる一、二メートルの距離を越え、伯爵のすぐ横に立った。

室内がしんと静まった。ガレス卿とアントニーは興味深げに、それでもひとこともしゃべらずに劇的な一瞬を見守った。伯爵とビクトリアはたがいの顔を見つめあった。

ビクトリアの目に映ったのは、知的で誇り高いひとりの男性の姿だった。寄る年波と病にむしばまれているにもかかわらず、伯爵の顔はいまも精気にあふれていた。まっ白な髪はふさふさとして、絹のパジャマの襟もとまで届くほど伸びほうだいになっている。苛酷《かこく》な気候のもとで長い年月を過ごしてきたようすが、その肌からしのばれた。皺《しわ》こそ寄ってはいるが、いまだに色つやがうせてない。

ベッドカバーにくるまっているので、伯爵のからだつきはよくわからない。けれども、カバーからのぞいている肩は広くがっしりとしていて、腕も筋骨たくましかった。

病んでいるとはいえ、伯爵は見るからに闘う人という感じだ。いかなる試練にもそうやすやすとは屈しない強さと意志を持ちあわせている。避けては通れない老いと死さえ、彼ならば最後まで闘いぬいてみせるだろう。

伯爵を見つめながらも、一方でビクトリアは自分が彼の目にどんなふうに映っているのか、気になった。

伯爵は額に皺を寄せて、真剣に考えこんでいた。ビクトリアの顔や姿を見つめながら、鋭くいまだに青々と澄んだ瞳をまたたかせている。ビクトリアをどう思っているのか、そのようすからはうかがい知ることはできなかった。

誰の目にもはっきりわかる緊張が、ようやく伯爵のからだから解けた。ショックから立ちなおろうとするかのように、一瞬目を閉じる。最初にビクトリアが耳にしたときとは打って変わって、もの静かな、いくらかふるえがちな声で伯爵は言った。「愛《いと》しい孫よ、わしの願いはいまかなえられた」

伯爵の言葉がビクトリアに伝わるまで、しばらくかかった。ようやくその意味がわかったとき、ビクトリアのからだはかすかに揺らいだ。脚の力が抜けてしまい、耐えがたいほど胸が締めつけられた。

伯爵が黙って両手を差し出すのを、ビクトリアは涙ぐんだ瞳で見つめた。その瞬間、いままで抱いていた疑問が嘘《うそ》のように消え、胸の奥から喜びがわき上がった。

あとになって悔やむことになるかもしれない。見た目だけで、病に伏した老人にほんとうの孫娘だと信じこませたのははたして賢明だったのだろうかと。けれども伯爵の腕に優しく抱かれているいまは、わが家に帰りついたという気持ちだけを味わっていたかった。

12

「とても口では言いあらわせないわ、メグ。でも、ウィリアム卿《きょう》のそばにいるととてもくつろげるのは確かよ。初めて会ったときから、ずっとそんな感じなの」

ビクトリアは話を途中で切って、自分の言葉を思い返し、それから静かにつけ加えた。

「伯爵ってとてもすばらしい方よ。矍鑠《かくしゃく》としてて勇ましくて。彼がわたしのほんとうのお祖父《じい》さまだったら、誇りに思うんだけど」

「だったら、ですって?」長距離電話の向こうでメグが聞き返した。「あたしには疑問の余地がないように思えるけど」

ふたりが電話で話しはじめてからすでに三〇分、そのあいだ、ビクトリアは事のなりゆきを詳しく話してきかせた。ドロシー・カーマイケルという女のこと、ニューヘブンの孤児院に置き去りにされた少女のことなど、伯爵たちが独自に調べ上げた事実を含め、何もかもメグに打ち明けた。

メグにはすべてがきちんと理屈にかなっているように思えた。それに、友人の将来を考えても、これほどいい話はない。

「このままいい気になってはいけないと思うのよ」ビクトリアは言った。「ビクトリア・アルジャーソンと名乗ってしまえたらわたしもとても楽だわ。でも、早まった結論を出すなって心のどこかでささやく声がするの。いくらそれを願っていてもね」

「いまでもまだ信じられないっていうのは、何か理由でもあるの？」メグは静かな口調で聞いた。

「ええ、ひとつだけ。記憶がまだ戻らなくて……、でも、少しずつよくなってはいるわ」

「思い出せるようになったってこと？」メグは興奮を抑えきれずに言った。これこそ彼女がいちばん願っていたことだった。

「はっきりそうだとは言いきれないけど……、目もくらむような新事実とか、そういったことは少しも浮かんでこないの。ただ、声とか顔とか、あの仔馬《こうま》の場面のように断片的な記憶が頭をかすめる程度よ。ついでに言うと、お祖父さまはわたしの馬嫌いの原因をつきとめたつもりでいるの」

海の向こうの、日がさんさんと照りつけるフラワーショップのなかで、メグは表情豊かに眉を上げた。お祖父さまですって？

このことからも、ビクトリアは自分で認めている以上に新しい世界になじんでいるのがわかる。メグは何も言わず、友人が先をつづけるのをじっと待った。

「わたしがあの仔馬を恋しく思うあまり、どの馬を見てもつらく不安な気持ちになるんですって」ビクトリアは苦笑した。「伯爵はわたしを女騎手にしようと心に決めているの。だからそんなことを言うのよ」

「で、アントニーは何て言ってるの?」メグがはずんだ声でたずねる。

ビクトリアは言いよどんだ。メグのように親しい人にさえ、アントニーのことを話すのはなぜかためらわれる。

「……とても喜んでいるみたいよ」ようやくビクトリアは話しだした。「彼は伯爵を心から慕っているの。だから、この二、三日で伯爵の容態が急によくなったので、彼もうれしいはずよ」

メグは受話器を片手にうなずいた。鋭い頭が忙しく働く。彼女はビクトリアが話してくれたことより、話さなかったことに興味があった。とつぜんあらわれたこの見知らぬ男性にたいして、友がただならない気持ちを抱いているのは明らかだった。

「何もかもうまくいってるみたいね」メグは心からうれしく思った。

「ええ」ビクトリアが答える。その声には驚きがこもっていた。苦労を重ねて少しずつ人生の階段を上ってきたというのに、いま、こうして愛情と安らぎに満ちた輝かしい未来が目のまえにとつぜん横たわっているのだから驚くのもむりはない。彼女はただそれをつかみ取るだけでいいのだ。

「メグ、お店のことだけど……、初めに聞いておかなくちゃいけないことなのに、わたしったらすっかりのぼせてしまって。問題はないんでしょう」

「ばっちりよ。べつにあやまらなくてもいいのよ。この店があなたにとってどれだけ大切なのか、よくわかってるわ。ただ、いまのあなたにはそれよりずっと大切なことができたってことよ。ま、それはともかく、店のことは心配無用よ。商売繁盛、あたしもたのしくやってるから」

「ほんとう？　あなたにお店を押しつけてしまっていまでも心苦しいわ。まして、思ったより長くここにとどまることになりそうだし」

「あなたは好きなだけそっちにいなさいよ」メグはきっぱりと言った。「正直言って、一日中家にこもっているより、こうして店に出てるほうが小説もはかどるのよ」そこで少しためらってから、先をつづける。「お店を売ったのは失敗じゃなかったのかって思いはじめてるところよ。何にもじゃまされず、思いきり仕事がしたいって作家なら誰しも願うものだけど、いざそれが実現してみると、なんだか寂しくてね。世間から切り離されてしまったみたいで。だから余計仕事が進まなくなるってわけ」

「本気でそう思ってるの？」ビクトリアは思いきってたずねた。メグの話をそのまま信じたかったが彼女が思いやりのある人で、自分よりまず他人の気持ちを考えるのをよく承知していた。

ところが、いまのメグはただ正直に自分の気持ちを打ち明けているらしかった。「本気も本気よ。じつをいうと、あなたが帰ってきたら、ちょっと話しあいたいことがあるの。あたしをこの店で働かせてもらえないかなって思って」

「もちろん大歓迎よ。お店は繁盛してるし、わたしも最近園芸のほうに手を伸ばしたところでしょう。共同経営でやっていけないかしら。ただ、問題は……」ビクトリアは言葉につまった。この気持ちをどう説明したらいいのだろう。

さいわい、メグが相手だとくどくど説明する必要はなかった。優しく、彼女は言った。「ただ、問題はあなたが帰ってこないかもしれないってことね?」

「そうなの……。いま、とっても気持ちがぐらついてて。でも、きっと結論は出せるわ。あとは時間の問題よ」

「好きなだけ時間をかけるといいわ」メグがもう一度念を押した。「こんな大事なこと、あわてて決めちゃいけないわよ。ここはひとつ、わたしの頼みを聞いて、この店にいさせてちょうだいな」

「こちらこそ願ったりかなったりよ。頼みといえば……、押しつけがましくて恐縮だけど、もうひとつだけ頼みたいことがあるの」

メグがくすくす笑う。「押しつけじゃないってまえから言ってるでしょう。こんなにたのしいことはひさしぶりよ。何なの?」

「わたしが前に依頼した探偵社、ウィルソン&デイビスにいま、手紙を書いてるところなの。ドロシー・カーマイケルに関してもう少し調べてもらおうと思って。彼らからわたしに直接連絡があるとまずいでしょ。そこで、あなたに連絡係になってもらえると助かるんだけど」

「喜んで力になるわよ。でも……、あの女に関する情報がどうして必要なの？　何か特別な理由でもあるの？」

「ただ、心のどこかでささやく声がするの、それだけよ」ビクトリアは静かに言った。

伯爵に決してむりをしないと約束させたうえで、主治医が退院を許可した、とメグに伝えてから、ビクトリアは電話を切った。

みんなでダーシー家の屋敷、ブラックスワンに行ってはどうかと提案したのは、アントニーだった。そこならウィリアム卿の世話もゆき届くし、ビクトリアといつも顔を合わせていられるからだ。

ビクトリアにとってもその考えは申しぶんないように思えた。少しずつ戻ろうとしている記憶が、それを機にさらに広がるかもしれない。

イギリスを横断する専用の鉄道車両には、ぜいたくな設備の整ったベッドルームが付いていた。伯爵はいやいやながら、道中そこでからだを休めたほうがいいというみんなの意見を聞き入れた。

伯爵に同情して、フィオナはお伴しましょうと自ら申し出た。昔からの友人であるふたりはベッドルームでのんびりと噂話《うわさ》に花を咲かせた。ウィリアム卿が少々気むずかしい顔で言うには、これは単に〝世間に遅れない〟ためであるという。

そこで、アントニーとビクトリアはふたりきりになれた。もちろん彼らがそれをいやがるわけがなかったが、列車のなかなのでふたりで過ごすにも制限がある。

列車が駅を出ると、アントニーはベッドルームのほうを苦々しく見やった。「残念だな、もうひとつベッドがあればいいのに」とつぶやく。

知らんふりをしようとしたにもかかわらず、ビクトリアの頬は赤くなった。アントニーとともに過ごしたこのいく晩かは、彼女にとって目の覚めるような体験だった。初めてふたりで過ごした夜にも増して、自分の底知れない情熱の深さに驚いていた。

屋敷がしんと寝静まる夜、アントニーは彼女の部屋を訪れる。たがいの腕のなかで、暗い夜は喜びに輝く。そして、夜明けがふたりだけのひとときに終止符を打つと、アントニーはしかたなく彼女のもとを去ってゆく。

ふたりだけのすばらしい夜は、彼らの欲望を満たすどころか、かえってつのらせるばかりだった。列車のなかでこうして向かいあって座りながら、たがいのからだに触れずにいるのは、ふたりにとって耐えられない苦痛でしかない。

気をまぎらすために、ビクトリアは言った。「ブラックスワンってどんなところなの？

あなたはそこで育ったんでしょう?」

アントニーがいとおしそうにこちらを見る。ビクトリアが何を思ってそんなことを言いだしたのかよく承知しているといわんばかりのまなざしだった。かといってほかになすすべもなく、アントニーはしかたなく話に加わった。

革張りの座席に背中をもたせ、無造作に脚を組んで、アントニーは何世紀ものあいだダーシー家の故郷となっている地所について説明しはじめた。

「もうすでに言ったと思うけど、ブラックスワンは一七九七年に建てられた。古くからその近くの湖にすみついていた黒鳥にちなんで、そういう名前がつけられたんだ。もっとも、実際にはこの屋敷の由来はそれよりはるか昔にさかのぼる。一〇六六年、英国征服の直後に建てられたノルマン人の要塞《ようさい》も屋敷の一部だからね」

「ダーシー家の誰かが建てたの?」

「ただ単にダーシー家の誰かじゃなく」アントニーはからかうように言った。「ダーシーその人だよ。ギヨン・ダーシー、彼がわが家の先祖なんだ。ぼくら一族は彼の血を引いていることを誇りに思っているよ」

ビクトリアはかねがね、ウィリアム征服王率いるノルマン軍の犠牲になったアングロサクソン人にたいして同情を覚えていた。だから彼の言葉に眉をひそめた。「あなたのご先祖って情け容赦なく人のものを手に入れようとしたんじゃなくて?」

「そのとおり」アントニーは臆面《おくめん》もなく言ってのけた。「それがあたりまえじゃないのかい？　ノルマン人は戦に勝った。だから、戦利品をわがものにする権利があるんだ」

「そうね……、でも、被征服民にたいしてああまで残酷な仕打ちをすることはなかったと思うわ」

「ギヨンはちがう。彼はアングロサクソン人の女性と結婚し、そのすぐあとに、アングロサクソン人の義弟ができた。コリン・アルジャーソン、彼がきみの祖先だよ」

「ということは、あなたとわたしの家系は血のつながりがあるの？」ビクトリアは驚いてたずねた。いままで思ってもみなかったことだった。

「ごく薄いものだがね。いいかい、血縁関係ができたのはいまから九〇〇年以上もまえの話なんだ。ぼくが言いたいのは、ダーシー家とアルジャーソン家がもともと隣人以上の親しい間柄にあったということさ。両家は昔から切っても切れない絆《きずな》で結ばれているんだ」

「だから、伯爵があなたの親代わりになったのね」

「そう。だから、ぼくがまだ小さかったころに死んだ父のあとを継いで、伯爵がぼくとチャーリーを苦労して育ててくれたのさ」にやりと笑って、アントニーはつけ加えた。「これでわかるだろ、もしぼくに不満があるなら、伯爵に言ってくれ」

「あなたは伯爵に忠誠を誓っているのね」ビクトリアは静かに言った。

真顔に戻って、アントニーはうなずいた。「この気持ちを言葉にするのはむずかしいがね。とくにいまの世の中、忠誠なんて時代遅れの感がある。だけど、ウィリアム卿は古めかしい美徳を頑固に守り通してきた人だ。迷うことなくぼくにそれを教えてくれたよ」

「それじゃあなたは、〝まことに申しぶんなき高貴な騎士〟に育てあげられたってわけ？」

チョーサーの一節だとわかったらしく、アントニーは片眉を持ち上げた。チョーサーのカンタベリー物語には真の気高い精神というものが凝縮されている。

アントニーはその引用句をつづけてくちずさんだ。「彼は極めて立派な人物で、初陣のときからこのかた、ひたすら騎士道と、誠実と名誉、寛容と礼節をむねとしてきた」

「チョーサーがつけ加えていい美徳がもうひとつあるわ」ビクトリアは言った。「義務。〝高貴な騎士〟は何より義務を重んじるんじゃないかしら」

ビクトリアとしてはべつに深い意味はなかった。ただ、アントニーが伯爵にたいして恩を感じ、それに報いる義務があると考えている、それを言いたかったにすぎない。

ところが、アントニーはそうは受け取らなかった。ビクトリアが意図した以上に、彼は深い意味を読み取ろうとした。アントニーの驚いた顔つきから、彼がこの問題を追究しようとするのではないか、とビクトリアは思った。しかし、アントニーは急に話題を変えた。

「ブラックスワンに着いたら、きみは一日中伯爵のそばにいられるだろう。でも、たまには外に出て田舎の風景を見たらいい。伯爵もきっと勧めてくれるだろうけど」

何かがビクトリアの頭をよぎった。幻とも夢ともつかない奇妙な光景――。黒鳥が水晶のように澄んだ湖水に浮かんでいる。そして、ひとりの子どもが鳥たちのほうへ駆けていく……。笑いさざめきながら。

「そうしたいわ」頭のなかの光景をあえて無視しながら、ビクトリアはゆっくりと言った。

「ドライブもしたいし」

アントニーがにやりと笑う。いつものユーモア精神が戻ったようだ。「ドライブ？ あの土地を見て回るには馬しかないよ」

「あら、じゃあ遠慮するわ。馬には乗れないもの」

「そんなことはない。おむつのとれないうちからきみは乗馬を教わったんだ」

「それはすばらしいことね。でも、本人は馬に乗った覚えがないの。いま乗ったりしたら、すぐに落っこちてしまうわ」

「それは馬しだいだよ」アントニーは朗らかに言った。「まず、おとなしくて気立てのいい馬に乗せてあげよう」

「いいえ、けっこうよ。自分からばかなまねはしたくないわ」

ビクトリアが本気なのを知って、アントニーの表情が変わった。彼女の手を取り、辛抱強く言う。「ひとつも心配することはないんだ。最高の馬と最高のコーチで、あっというまに乗り回せるようになるよ。やみつきになることうけあいだ」

ビクトリアは露骨に疑わしそうな目つきで彼を見た。「へえ、そうかしら？ わたしに教えてくれる最高のコーチとやらはいったい誰なの？」

アントニーのふてぶてしい笑顔を見れば、その答はおのずと明らかだった。「もちろん、このぼくだよ。きみをぼく以外の者にまかせられるわけがないだろう？」

ビクトリアは思わずうなってしまいそうになった。見苦しいぶざまな姿を、こともあろうに恋する男性のまえにさらすなんて……。

これは恋じゃない、ただ目がくらんでいるだけ。この何日か、ビクトリアはそう自分に言い聞かせようとした。彼はすばらしい男性だ。それだけはまちがいない。知的でユーモアがあって、優しくてセクシーで。こんな男性に夢中にならない女がこの世にいるだろうか？

それでもやはり認めざるをえなかった。これはただのあこがれや好意、性的な欲望とはちがう。いままでのぞいたこともない未知の世界へ、わたしは足を踏み入れようとしている。

ほんとうの恋を体験したこともないのに、恋してしまった自分にこうも早々と気づくなんて、不思議といえば不思議だった。こうして認めてしまうと、いままでのとまどいやためらいにもすべて納得がいく。

わずか二、三日のうちにアントニーをこの世でいちばん大切な人だと思うようになったのも、恋をしているからだった。自分の身元を明かすことよりも、苦労のすえにようやく築きあげた安定した暮らしよりも、何よりもいまが大切だった。

アントニーのそばにいると、たとえ触れあわなくても、世界が興奮と輝きに満ちてくる。すべての感覚が冴《さ》え渡る。宙に舞っているような気さえしてくる。シャンパンの泡立ち、心酔わせる音楽がからだ中にあふれるような心地よさを覚える。

使い古された陳腐な恋のたとえ文句、そのひとつひとつがいま初めて実感となって胸に迫った。恋する者の愚かなふるまいを以前はひそかにあざわらっていた。けれど、いまはそうじゃない。恋すればそうなってあたりまえ、愚かだなんて思わない。

そして、ひどく不安になる。

このままいけばわたしはどうなるのだろう。この恋の行く末を思うと、ビクトリアの胸は不安でいっぱいになった。いつのまにか、彼女は崖《がけ》っぷちから飛び降りていた。あとはただ、着地したときどれだけ痛い思いをするかだ。

だいじょうぶよ、ちっとも痛くなんかないわ。強気な声がそっと耳打ちする。きっと何もかもうまくいく。そうならないはずがない。伯爵の孫娘だという可能性はますます確実になってきているのだから。

そうだとすれば、アントニーとの関係を自然のなりゆきにまかせてはいけない理由がどこにあるだろう。遠い昔にそうであったように、両家がふたたびひとつに結ばれることは少しも不自然ではない。ふたりがたがいの腕のなかで見出《みいだ》した喜びを子孫にまで伝えたい。

それはだいそれた望みだろうか。

そうよ、ともうひとつの声がささやきかける。そんな考えは愚かな感傷というもの。まだ身元がはっきりしたわけではないのに、いまからそんな空想にふけるなんて。

決して他人に多くを期待してはいけない。ビクトリアは過去のつらい経験から身をもって思い知らされている。それとともに、自己の感情をことさら表に出してはいけない、という教訓も世の中を渡るすべとして身につけた。いまそれを忘れてしまったら、傷つくのは目に見えている。こうした不安定な立場にありながら、いたずらに期待だけをふくらませていると、いままで以上に深い失望と苦しみに身をさらすことになるだろう。

列車は緑の濃い郊外をひたすら走りつづける。窓ごしに外の風景を見つめながら、ビクトリアは必死に自分をいましめようとした。けれども、彼女の手を優しく握りしめているたくましく控えめな男性から片時も心をそらすことができなかった。彼の手に握られているのは、もしかしたらビクトリアの心そのものなのかもしれない。

13

ブラックスワンはビクトリアが想像していたとおりの屋敷だった。むしろそれ以上だった。屋敷というより館《やかた》と呼んだほうがふさわしいかもしれない。それは川と川が合流する地点を見下ろす丘の上にそびえていた。かつては、そこが戦略的に重要な位置を占めていたにちがいない。

青々とした芝生がみごとな伝統を誇るイギリス独特の庭園に広がっている。おそらく何百年ものあいだ、手入れを欠かさなかったのだろう。古いカシの木の雑木林がまわりを囲んでいる。その向こうにあるブラックスワンの遊ぶ湖が目に見えるようだ。

屋敷そのものはジョージ王朝時代の田園建築の粋を極めたものであり、見るからに威風堂々として優雅だった。世界を支配するのは男だと信じられていた時代を象徴するかのように、男性的な風格をただよわせている。

屋敷を見渡しているうちにビクトリアは、どこか古風な雰囲気があるのに気づいた。中庭の古びた玉石のせいなのかもしれない。それは屋敷自体よりも年数を経ている。あるいは北西の角にそびえている円形の塔のせいなのだろうか。その建築様式は他とあまりにかけ離れていた。しかし、それが屋敷の中心にすえられているのだった。

この屋敷が設計される段階で、過去のものを保ち無傷のまま将来に残そうという配慮がなされたのにちがいない。ビクトリアはダーシー家の信条というものをかいま見た思いがした。彼らは祖先から受け継いだものを誇りとし、それを守り通そうと心に決めているのだ。

一行を駅から乗せてきた車が玄関のまえで停《と》まってから、ビクトリアはわれを忘れてたたうっとりと屋敷を眺めた。

写真や映画ではこのような場所を見たことがあるけれど、自分が実際にそのなかに足を踏み入れることになるとは思いもしなかった。

イギリス貴族のなかには零落し、これまでの優雅な暮らしを切りつめざるをえなくなった一族もいることだろう。しかし、ダーシー家にかぎってはそんなことはなかった。ロンドンの街中に構えている別邸もさることながら、この一家の住まいは、権力と富の輝かしい光を放っている。それだけではなく、正統性といったものまで感じさせる。この屋敷そのものが住人の高貴な生まれを証明しているかのようだ。

玄関ホールにたたずんだときも、ビクトリアは呆然《ぼうぜん》と目をみはった。ここはジョージ王朝ふうであるばかりか、中世の封建時代の雰囲気までただよわせている。

広い壁のほとんどを占める暖炉の上には、とてつもなく大きな猪《いのしし》の首がかかっていた。それに驚きのまなざしを向けるビクトリアを見て、フィオナは苦笑した。その真向かいの壁には、色あせ、すり切れたダーシー家の戦旗がずらりと並んでいる。なかには初代の時代にさかのぼると思われる旗も混じっているという。

それだけではない。曲がりくねった石造りの階段には古い武器、斧《おの》や矛などが端から端まで飾ってあった。階段の先は暗闇《くらやみ》のなかにかすんで見えない。

飾ってある武器が古いものであるのはビクトリアにもわかった。しかし、見たところいまでも十分切れ味はよさそうだった。

ビクトリアは興味深いことに気づいた。アントニーはこの環境にとてもよくなじんでいるらしく、執事と言葉を交わす彼はまさにここの主人といった感じだ。執事は彼の留守中の出来事を急いで報告し、アントニーがふた言三言命じると、あわてて引きさがった。

「ちゃんとここの管理をしておるようだな。いいことじゃ」伯爵は満足そうに言った。「手綱は締めておくんだぞ」

「ええ、伯爵」アントニーはすかさず答えた。いたずらっぽく笑って言いたした。「甘い顔を見せないのがいちばんですからね」

ウィリアム卿《きょう》は鼻を鳴らした。「好きなだけ、わしの受け売りをするがいい。だが、忘れちゃいかんぞ、ブラックスワンを切り回していくのはおまえしかおらんのだからな。大勢の連中がおまえを頼りにしとるんだ」

「連中ですって?」ビクトリアはたずねた。「召使のことですの?」屋敷内に大勢の召使がいるのはビクトリアも気づいていた。荷物を運ぶ者、庭の手入れをする者、重たいブロンズのシャンデリアのほこりを払う者など、数えあげればきりがない。

目の届く範囲でも、六人の下男、執事、三人のメイドがいた。召使はイギリスの家庭から姿を消した、とどこかで聞いたことがあるけど、あれはまちがいなのだろうか。

「召使だけじゃない」伯爵が説明する。「ブラックスワンには大きな農場がいくつかあってな。そのほかにも牛だの馬だのを飼育する牧場や、ヨーロッパ随一といわれる鉱山がふたつある。それはまだ序の口で――」

「ビクトリアには少しずつ教えることにしましょうよ、伯爵」アントニーが口をはさんだ。ウィリアム卿の驚いた表情を見て、彼は言葉を補った。「ただ、彼女は旅で疲れてるんじゃないかと思いまして。この二、三日、かなりあわただしかったものですから、余計そうじゃないかと」

「そうじゃな」伯爵が言う。「わしとしたことがうっかりしとった。ビクトリア、横になって夕食までからだを休めなさい」

わたしなら平気ですから、とビクトリアは言いかけたが、とても聞き入れられそうもなかった。優しく、しかし有無を言わさず、彼女はベッドに追いやられた。

ビクトリアにあてがわれた二階の豪華な部屋には、キャティがすでに待ち受けていた。メイドは同じ列車に同行し、着くとすぐにビクトリアの荷物をほどき、浴槽にお湯を張っていた。

生き返った心地でビクトリアがバスルームから出てくると、若いメイドは今夜彼女が着るドレスにアイロンをかけ終わったところだった。

メイドに礼を言ったあとで、ビクトリアは少しためらい、それから思いきってたずねた。

「キャティ、ちょっと個人的な質問をさせてもらっていい？」

朗らかにメイドは答えた。「どうぞおたずねになってください、お嬢さま。お答えできるかどうかはべつですけど」

「わかってるわ。どうしてこのお仕事をするようになったの？　と、いうのも……、家事手伝いって近ごろはあまり好まれていないでしょう」

気を悪くするのでは、とビクトリアはなかば恐れていたが、キャティは何のくったくもなく笑っている。

「ええ、ほんとうですね。同級生でこんな仕事をしたいと思う子はひとりもいませんでしたわ。わたし自身どうしようか迷いましたもの。ですから一年間は試しに秘書の仕事をしてみたんです」そう言ってメイドは鼻に皺《しわ》を寄せた。「それほど好きにはなれませんでした。あまりに組織化されてますし、街に年中いなくてはなりませんでしょう。そういうのってわたしの好みじゃありませんから。ええ、このお仕事のほうがずっとわたしに向いてますわ」

「どうして職場をここに決めたの？」

「ああ、それはとうぜんですわ。うちの家は代々ブラックスワンにご奉公させていただいてますから」メイドは誇らしげにつけ加えた。「父はここの下男頭ですし、ふたりの兄も父の手伝いをしています。母はパートタイムでお勝手のほうを少し。フランクは、わたしのフィアンセですけど、ここの庭師なんです。これはうちの家業と申してもいいくらいですわ」

「そうなの……。ここで働く人たちはみんな、そういう感じなのかしら？」

「ええ、そうです。よろしいですか、お嬢さま、ここはお給料もいいし、保障もちゃんとしてます。だいいち、安全ですし、家族のような一体感があります。工場やオフィスでそこまで充実している仕事が見つかりまして？」

「見つかりっこないわね……。でも、こういう仕事をしていると、自分が見くだされているような気にならない？」

「いいえ、少しも。わたしなりに誇りをもってお務めしています。といっても、なかにはわきまえのないお客さまがいらっしゃいまして、わたしどもも仕事がやりにくくなることはありますけど」メイドは小声でくすくすと笑った。「最近、といっても一年まえですけど、そういうことがありましたわ。フィオナ奥さまがここで盛大なパーティをお開きになったんです。ご夫婦が一五組はいらしたでしょうか。被災者の救済金を募るためのパーティなんです。奥さまはそんなふうにして慈善活動をなさってますわ。それはともかく、殿方のひとりがちょっとお酒がすぎまして、ここのメイドにちょっかいを出そうとなさったんです。つまりこのわたしに」

ビクトリアの口もとが引き締まった。どんなにささいなものであれ、婦女暴行の話を聞くたびにぞっとする。「それであなたはどうしたの？」

「どうしたもこうしたも」キャティが言う。「逃げ出すすきもありませんでしたわ。その方と争うのをあきらめ叫び声をあげたとたん、アントニーさまが部屋に駆けこんでらしたんです」瞳を輝かせながらいう。「その方を簡単に始末してくださいましたわ。まるで石炭の袋か何かのようにひょいと階段から投げ出して」

「その男を家から追い払ったっていうの？」

「ええ、でもそれで終わりじゃないんです。だんなさまはわたしの制服の肩のところが少し破れているのにお気づきになったらしくて、それだけでもうかんかんになられましたわ。あとを追いかけてこらしめようとなさって。でもそのまえにフランクがやってきて、その役目は自分が果たすといってきかなかったんです」

メイドは頬を染めながら、そっとため息をついて話をしめくくった。「あんなに胸がわくわくしたことはありませんわ。あんな光景には二度とお目にかかれないんじゃないでしょうか。といっても」首をすくめて言った。「あの方もちょっとかわいそうな気がしますわ。夜明けまえに荷造りして出ていったから、二度と会うことはありませんでしたけど。聞くところによると、あの方、女性にはすっかり凝りてしまったらしく、とうぶんは……あの、おわかりでしょう?」

「なるほどね。アントニーのやったことはあなたには意外だった?」

「ちっとも。ダーシー家の方々はいつだって自分たちのものを大切に守ろうとなさいますから」

キャティが部屋を出ていったあと、しばらくはその話がビクトリアの頭から離れなかった。アントニーが身分の低い者をかばったことはべつに驚くにはあたらない。彼なら喜んで弱い者の味方になるだろう。

ビクトリアがひっかかったのはキャティが最後に口にした言葉だった。もし、それがほんとうなら、アントニーは所有欲の強い人間、自分のものに手出しする者は誰であれ、決して許さない人間ということになる。

ビクトリアと彼の関係はいまのところ恋人どまりだった。ふたりの将来について彼はひとことも語らない。けれど、単なる遊びとわりきっているようすもない。むしろ、アントニーはふたりの関係を真剣に考えているようだった。親密なひとときを自分からあえて作りだそうとしないのもそのためだ。かといってそれを退けることもできない。それほど、たがいのなかで燃え上がる情熱は激しかった。そう思うとビクトリアはまんざら悪い気がしないでもなく、自然と笑みを浮かべ、部屋を出た。

下男に案内されたとき、自分の部屋の位置をよく確かめたはずなのに、屋敷の大きさにはいまもってとまどうばかりだった。はてしなくつづく廊下が四方八方に広がっている。角を折れたり曲がったりしているうちに、とうとう方向感覚が狂ってしまい、ビクトリアはただ呆然と首をかしげるばかりだった。

頭上はるか、五、六メートルはある高い天井は、しっくいでかためられていた。壁に取りつけてある燭台《しょくだい》の明かりがほどよい明るさであたりを照らしている。電気のない時代にはここはどんな感じだったのだろう。ビクトリアははるか昔を思いやった。ダマスク織りの布を張った壁ぎわには、どれほどの値打ちがあるのか想像もつかない立派な骨董品《こっとう》が並んでいる。

このあたりは女らしい飾りつけがほどこされてあった。大広間にあるような武器や戦旗の類《たぐい》はここには見あたらない。かわりに、チッペンデールの優雅な長椅子《いす》やロココ調のテーブルが、有名画家の風景画や肖像画とともに上品でしとやかな雰囲気をかもしだしている。

レンブラント、ボッティチェリ、ラファエロ、ホルバインなど、居並ぶ巨匠の名画を目のあたりにしてビクトリアの驚きはますますつのった。本物の名画ばかりを集めたこのコレクションはダーシー家の鑑識眼、いい意味での欲の深さ、そしてキャティが言ったように、自分のものを守り抜く力を雄弁に物語っている。

ようやく階段が見つかって、ビクトリアは階下へ下りていった。すると待機していた下男がすかさず居間へ案内してくれた。なかに入ると、フィオナが食前酒をすすっているところだった。

さんざん不平をこぼしながらも、伯爵はベッドで食事をとっているという。アントニーは仕事の電話をかけに行っていない。そこで女性たちはつかのまふたりだけで過ごすことになった。

ビクトリアはべつに気にならなかった。すでにフィオナには好意を抱くようになっていた。この中年の女性は上品で美しいだけでなく、温かい人間性が感じられて、それが魅力のひとつになっていた。鋭い知性がきらりと光る瞳。頭の回転もすばやい。それでいて少しも冷淡ではなかった。ビクトリアがそばに寄ると、フィオナは微笑《ほほえ》んだ。

「いらっしゃい。迷い子になったのではないかと心配していたのよ」

「危うく迷いそうでしたわ。なんて広いお宅でしょう！」

「そうなのよ」フィオナがため息をつく。「わたくしがここに嫁いですぐのころはどこがどこやらさっぱりわからず途方に暮れたわ。死んだ夫、ジェームズがまた余計なことを言うものだから。昔、ダーシー家に嫁いだ花嫁の亡霊がいまも廊下をさまよってるんだぞって」

ビクトリアは笑いながら、女主人の向かい側のソファに腰を下ろし、さっきとは別の下男の手からドライシェリーを受け取った。「ご主人は一風変わったユーモアの持ち主だったようですね」

「まさにそのとおりよ、ジェームズは。ちょっといたずら好きなところがあったけれど、わたくしの最愛の夫でした」

「アントニーはお父さま似ですか？」

「いいえ……、似てるとはいえないわね。チャールズ、そう、上の息子のほうがそっくりでしたよ。アントニーは……、先祖返りってところかしら」

「昔かたぎなんですね？」ビクトリアはそう言ってくすくす笑った。

フィオナが寛容な微笑みを浮かべる。「あの子にはいいところがたくさんあるけれど、いくらか古くさい考え方をしがちなのも事実ね。でもあの子の責任ある立場を思うと、そのほうがかえっていいのかもしれないわ」

「アントニーはここの管理に忙しいみたいですね」

「あら、ブラックスワンだけがうちの持ち物ではないのよ。あちこちに手を広げてますからね。ヨーロッパ中、アメリカにも会社があるのよ。アントニーは一年の半分はアメリカで過ごさなくてはいけないの」

「それは知りませんでした。じゃ、きっとたいへんでしょうね」

「実際にはたのしんでいるみたいよ。あの子はアメリカが大好きだから」笑いながら、フィオナは言った。「如才ないあの子のことだから、そうはっきりとは言わないけれど、この暮らしはひどくかた苦しいところがあるし、向こうに行くのは息ぬきになるんじゃないかしら」

ビクトリアは考え深げにうなずいた。「息子さんは責任感の強い方ですものね」

「それがあの子の性格のいちばん目立つところでしょうね。かといって」瞳をきらりと輝かせて、フィオナは先をつづけた。「昔からそうだったとはかぎらないのよ。子どものころはひどく手を焼いたわ」

「でも人を傷つけたりはしなかったでしょう?」

「ええ、そんな子ではありません」母親らしい寛容な微笑みを浮かべる。「でも、娘さんのなかには、むりな望みを抱いて、あとでがっかりした人も少なくなかったわ」

シェリーをほんの少しすすりながら、ビクトリアは思った。夫人は何かをわたしにほのめかそうとしているのだろうか? 目のまえのもの静かでおちついた女性にはとりたてて力んだようすはなかった。

それどころか、フィオナは心からくつろいでいるように見えた。ここは彼女の住みなれた家なのだから、それもとうぜんだ。いまの姿から、不安におののく若い花嫁だったころを想像するのはむずかしかった。

「ブラックスワンになじまれるのに時間がかかりまして?」ビクトリアはたずねた。

「ええ、そうね」当時をふりかえって、女主人はしのび笑いをもらした。「とてもこんなお屋敷には住めないって思ったこともあったわね。わたくしの実家は一般の家よりは比較にならないくらい大きかったけれど、ここと比べれば話にもなりませんでしたよ。ここの家事を取りしきるのも並大抵ではなかったわ。いろいろと複雑でやることも多いし。いうまでもなく、ここには長年の歴史がしみこんでいるでしょう。それも重荷だったわ」

「古いお家柄ですものね」

フィオナは片方の眉を持ち上げた。その仕草にビクトリアはすぐ気づいた。

「イギリスでここより古い家柄がひとつだけあるわ」フィオナは言った。「あなたのお家《うち》よ」

「アルジャーソン家がノルマン人の英国征服以前にさかのぼることは、アントニーも話してくれましたけど、それほどだとは……。でも、その当時からの血筋を誇る家は多いのでは?」

「もちろん、そうね。でもそれを立証できる家は数少ないわ。直系の子孫である場合はなおさらです。それ以上にまれなのは、何世代にもわたって同じ土地を所有してきた一族よ。

ダーシー家、もしくはアルジャーソン家は、千年近くそれを保ってきたのですからね」

その壮大さに打たれて、ビクトリアはしばらく口がきけなかった。驚きからさめると、ビクトリアはたずねずにはいられなかった。「そんなに長いあいだ、ひとつのものを手放さないでいられるのはどうしてなんでしょう?」

フィオナは思いやりにあふれた微笑みを浮かべた。「じつはわたくしも同じことをずっと考えてきたのよ。こうして何十年たったいまも、まだ不思議でならないの。たぶん、非凡な意志の力と、それをやりとげる力量と、運のよさが理由ではないのかしら。それと、言うまでもないことだけど」横目でビクトリアを見ながら夫人はつけ加えた。「この血筋を引く殿方すべてに共通している、折紙つきの男としての強さね」

その言葉は実感としてビクトリアの胸に響いた。アントニーは、まさにそのとおりの男だった。彼女は精いっぱい平然とした表情をとりつくろった。けれども、心のなかはきたるべき夜のことでいっぱいだった。今夜、アントニーとわたしはどんな夜を迎えるのだろう。夜のとばりに包まれて、もう一度あの親密なひとときを分かちあえるだろうか……。

14

「おやすみなさい、お嬢さま」ドアをすり抜けながら、キャティは言った。「ベルを鳴らしてくだされば、朝食をお持ちしますわ」

「ありがとう、でもそんなに気をつかわないで。自分で階下に下りていくわ」

「お好きなように」うしろ手に静かにドアを閉めると、キャティは急いで廊下を歩いていった。疲れてはいるけれど、少しも不快ではなかった。故郷同然のブラックスワンに帰ってきた喜びが彼女の胸にこみあげる。フランクも待っている。翌朝早く起きる必要もない。ビクトリアの好意に甘えていれば、キャティは何時間もまえにベッドに入れただろう。ディナーもいつもより長びいたというのに、このメイドは律儀に最後まで務めを果たした。

うしろをふりむかないように気をつけながら、キャティは軽やかな足取りで廊下を歩いていった。それでも彼女の鋭い耳はドアの開く音をちゃんと聞き取った。思わず顔がほころんでしまったが、ありがたいことにほかには誰もいなかった。

メイドがまだ近くにいるのに気づいて、アントニーは一瞬ひるんだ。彼女が角を曲がるとすぐに部屋を出て、四、五メートル先のビクトリアの部屋へ急いだ。軽くノックしただけで、ドアはすぐに開いた。

少年のような笑みを浮かべたアントニーの瞳は、目のまえの光景に打たれて一瞬、息をするのも忘れた。戸口に立つビクトリアは襟や袖《そで》、裾《すそ》のまわりにふんだんにレースをあしらったアイボリーのシルクガウンをゆったりとまとっていた。

肩にふわりとかかる髪といい、大きく見開かれた瞳や、ほんのりと紅潮している頬といい、いまのビクトリアは、遠い昔の恥じらいがちな美しい花嫁さながらだった。

「お入りになって」ビクトリアはそうつぶやくと、脇《わき》に寄って急いでドアを閉めた。アントニーが今夜ここにやってくるという予感はあったものの、現にこうして彼を迎えてみると、一瞬のとまどいを覚えた。

別邸にいるときに彼女の部屋を訪れた夜と同じように、アントニーはワインレッドのシルクのローブをまとい、引き締まった腰に紐《ひも》を締め、黒いシルクのパジャマの裾をのぞかせている。

ローブの合わせ目から裸の胸が見えている。黒く渦巻く胸毛におおわれたつややかな肌が、壁の燭台《しょくだい》の明かりにうっすら輝いていた。

彫りの深い顔立ちにくっきりと陰影がつき、明かりに揺らめくトパーズ色の瞳で、ビクトリアの姿を上から下までくいいるように見つめている。

そんなアントニーは獲物に狙《ねら》いを定める海賊に似ていた。ただ、海賊には剣がつきものだが、彼の手にはシャンパンのボトルがしっかりと握られていた。

「とてもきれいだ」ビクトリアの着ているナイトガウンを指して、彼はつぶやいた。「初めて見るけど」

「キャティがこの部屋にあるクロゼットのなかから見つけたの。わたしが着てもかまわないって言うものだから」

「うん、もちろんかまわないよ……。よく似合ってる」アントニーは大きく息を吸いこんだ。動揺している自分が不可解で、すっかり途方に暮れていた。目のまえの女性と情熱の高みに昇りつめた夜を何度も経験していながら、どうして急に遠慮を覚えたりするのだろう。

「来ないほうがよかったかな……。きみも疲れていることだし」

「そんなこと」頬を染めながら、ビクトリアはさらに小声で言った。「わたしならだいじょうぶよ」

どうしてふたりはこんなところにつっ立ったままでいるのかしら、まだ正式に紹介されていない他人同士みたいに。なぜ彼はこんなに奇妙な目で見るのかしら、まるで初めて会った人みたいに。まさか本気で帰るつもりじゃ……。

アントニーの奇妙な態度をからかおうとして、ビクトリアは言った。「ねえ、お掛けになっても別にいいのよ」

アントニーがその言葉の意味をのみこむのにしばらくかかった。ぼうっとしたまま、彼はベッドの端に腰かけた。手にはいまだにシャンパンが握られている。

その近くにビクトリアはたたずんだ。アントニーはナイトガウンが明かりに透けているのを明らかに気づいていないようすだった。アントニーは目のまえの喜ばしい光景をたのしみながらも、気のきいた台詞《せりふ》ひとつ言えない自分を叱《しか》った。

これじゃ、まるででくのぼうと同じじゃないか。彼女が妙に思うだけだ。どうしてこんなぎごちない態度になってしまうのか。しかし、この瞬間、いままで肉体的に満ち足りていただけのふたりの関係が、急にそれ以上のものに変わってしまったのだ。

彼女にたいしていつからこのような恋しさを覚えるようになったのだろう。情熱が恋しさに変わり、欲望が愛に変わったのはいつからだろう。

いま初めて彼女にたいする思いの深さに気づいて、アントニーはかすかに度を失った。心の奥底では、自分が恋に落ちるわけがない、とかねがね思っていたのに。人はよく恋を語り、恋する気持ちを叙情豊かに歌いあげる。そして、あっというまにその恋からさめてしまう。

ロマンスにたいして、アントニーは決して懐疑的なわけではなかった。ただ慎重すぎるだけなのだ。ビクトリアを見ているだけで胸にこみあげるこの深い感動はいままでに体験したことのないものだった。それにたいして彼は何の心がまえもできていなかった。

それにしても何という美しさだ！　華奢《きゃしゃ》で伸びやかな肢体はサラブレッドさながらの気品をただよわせている。ビクトリアを馬にたとえたとき、彼女がいかに気分を害したかを思い出して、アントニーはひとり微笑《ほほえ》んだ。

彼の笑顔を見て、ビクトリアはいくらか安心した。ただぼうっと見つめられるよりは、そのほうがずっとましだった。

今夜の彼はぜったいにどこか変だわ。どうしてなのかぜひ知りたい。できるものなら力になってあげたい。

ベッドのほうに一歩近づいて、ビクトリアは片手をすっと差し出した。「それ、わたしが開けましょうか？」

「えっ、何だって？　ああ、シャンパンか。いいよ、ぼくが開けよう」急にわれに返って、アントニーはあたりを見回した。「グラスはあるかな？」

「確か奥にあったわ。持ってくるわ」

彼女が取りにいっているあいだに、アントニーは何度か深呼吸をした。思うに、こうして急に自分の気持ちに目覚めたのも、彼の力の源であり、義務の象徴でもあるこのブラックスワンのなかでビクトリアを見たせいではないのか。

ここは彼女に似合っている。本人は気づいていないかもしれないが、どう見ても彼女はここの人間だ。そう思うと、アントニーはうれしくなった。さっきよりもずいぶん気持ちがくつろいだ。そこへ、ビクトリアが水差し用のタンブラーをふたつ両手に抱えて戻ってきた。

「こんなものしかなかったわ」シャンパンのラベルをちらりと見て、ビクトリアは弁解した。「それとはいかにもふつりあいね」

「とんでもない」アントニーは優しく微笑んで言った。「ほんとうにいいワインは何で飲んでもおいしいものだよ」

さっきより打ちとけた彼の態度にほっとして、ビクトリアはグラスを受け取り、満足そうにシャンパンをすすった。「うーん……。あなたの言うとおりだわ」

そのシャンパンはじつに芳醇《ほうじゅん》な味わいだった。ビクトリアはこちらに来てからというもの、すっかりその味を覚えてしまった。しかし、シャンパンにもまして彼女の心を酔わせるのは、アントニーその人だった。

アントニーとこうしていっしょにいると、彼の大きさ、たくましさ、そしてローブをまとっているとはいえ、裸同然の男らしいからだを意識せずにはいられない。ふたりで過ごしたこの幾晩かが頭のなかをかすめ、ビクトリアは思わず頬を染めた。からだの奥深くで、ひそやかな興奮がどうしようもなくわき上がる。

石壁に囲まれた広い静かな部屋で、ふたりはたがいに見つめあっていた。たくましい彼の首筋が力強く脈打っている。優美なガウンに包まれた彼女の胸が誘うように波うっている。長いひとときが過ぎたあとで、ビクトリアの口もとから引きつった低い笑い声がもれた。

「どうして」彼女は明らさまに言った。「ここだと感じがちがうのかしら?」

ちょうど同じことを考えていたところだったので、アントニーははっとし、すぐには答えられなかった。

ようやくアントニーが話しだした。「この家自体がそうさせているのだと思うよ。奇妙に聞こえるかもしれないが、何世代にもわたって住みつづけてきた人間の感情がここにはしみこんでいる。そのために石や壁そのものがそれぞれに、人格をもつようになったといってもいいんじゃないかな」

「わたしもここに着いたときからそんな気がしていたの」ビクトリアは静かに笑った。「ただ、妙に思われるんじゃないかと、いままで黙っていたんだけど」

「そんな心配はしなくていいよ」アントニーがからかい気味に言う。「きみがここにふさわしい人間だからこそ、そういう感じを抱くのさ」

しだいに気分がなごみ、ビクトリアはベッドに座りこむと膝をかかえた。アントニーは部屋の反対側に行き、マッチをすってキャティが用意してくれた薪《まき》に火をつけた。

火があかあかと燃えはじめてから、彼はビクトリアのいるベッドに戻り、グラスにシャンパンを注いだ。

さらにひとくちシャンパンをすすったあとで、ビクトリアはたずねた。「この部屋は初めからあったものかしら？」

「そうだよ。おそらく、ここが領主と奥方の寝室だったんだろう」

ビクトリアは考え深げにうなずいた。この部屋に足を踏み入れたときから、そうではないかと思っていた。屋敷内におけるここの位置もさることながら、壁そのものから伝わってくる何とも言いがたい雰囲気がそれを告げていた。きっとここで素晴らしい愛がはぐくまれたのだろう。

ひとりごとのようにビクトリアはつぶやいた。「当時は部屋の感じもずいぶんちがってたんでしょうね」

「ほんの少しだけだよ」厚い錦《にしき》織りのベッドカバーを指でもてあそびながら、アントニーが言う。「床は東洋ふうの絨毯《じゆうたん》ではなく、いぐさでおおわれていた。窓もガラスではなく鎧戸《よろいど》だった。もちろん、家具もいまとはちがっていただろう。たぶん、ベッドとチェストがふたつくらい、テーブルと椅子《いす》がいくつか、その程度だったんじゃないかな」

彼の話を聞きながら、ビクトリアは部屋を見回して当時のようすを頭に浮かべようとした。それほどむずかしくはなかった。高い石壁にゆらゆらと躍っている暖炉の炎、近くの木々を揺るがす風のささやきが遠い昔にいざなってくれる。

いまとはほど遠い時代。いまよりもっと原始的で野蛮な時代。強い者だけが生き延び、人は強い指導者に庇護《ひご》を求めた。アントニーと同じ立場にある男性は生まれたときから戦うことを学び、ときには手段を選ばず、自分のものを守った。

そして女性は……？　女性にとってはどんな時代だったのだろう。いつのまにか、ビクトリアは枕《まくら》にもたれて炎をじっと見つめていた。

遠い昔、この部屋にはどんな女性が住んでいたのだろう？　きっと、強くて勇敢で、広大な土地を取りしきる領主の妻として、大切な務めをきちんと果たすことのできる女性だったにちがいない。

単にそれだけではないような気がする。強く賢いだけでなく、美しく心の優しい女性。気性の激しい、誇り高い主人に惜しみなく愛情を注ぐ女性。一日が終わると従者を階下の大広間に残し、領主は石の階段を上って妻の部屋を訪れる。そして、妻の腕のなかでただの男に戻り、日々の義務と危険から解放される。

そう、いまとははるかに異なる世界。それでいていまと少しも変わらない生活が営まれていたにちがいない。確かに時代を越えて生きつづけるものがある。

ビクトリアの顔に浮かぶ表情の変化に、アントニーはさっきから魅せられていた。彼女が何を考えているのか、まんざらわからないでもなかった。アントニー自身、ブラックスワンの壁に囲まれていると、過去へ思いをはせるものだ。

ここには過去も現在も未来もない、ほんとうにそう思えてくるときが幾度もあった。あるのはただ、過去と未来を永遠に結ぶ、時という名の一本の糸だけ。

そんな気まぐれな考えを、アントニーは頭から追い払うことができなかった。ビクトリアに恋してしまった自分に気づき、彼女をかけがえのない女性だと思うようになったいまはよけいにそうだった。

愛は死より強い。からだは死に絶えても、愛は永遠に生きながらえる。このブラックスワンのように。

グラスを置いて、アントニーはつぶやいた。「ビクトリア、何を考えてる？」

「えっ……？　ごめんなさい」はにかみながら、ビクトリアはわれに返った。「白昼夢を見ただけ……、よりによってこんな夜ふけにね」

アントニーが優しく笑う。「あやまることはないさ。ここには人をとらえてしまう、いわば魔力のようなものがある」

彼の投げかける甘く熱い欲求に、ビクトリアは思わず息をのんだ。消えゆく幻と入れ替わりに、よりなまなましい現実が訪れた。アントニーはどこかまえとちがう。何がどう、とはっきり口に出しては言えないが、以前の彼でないことは確かだ。

この部屋に入ってきたときから、アントニーは何かを心に決めたようだった。ふたりの関係にとって大切な何かを……。

それについてビクトリアが思いをめぐらし、不安になるよりも早く、アントニーの手がこちらに伸びた。大きな手に優しさをこめてうなじを包むと、彼はそっとビクトリアを引き寄せた。

「美しいビクトリア」かすれた声でつぶやく。「きみがドアを開け、愛らしくはかなげな姿で目のまえに立ったとき、ぼくが何を感じたと思う?」

「さあ……」気もそぞろにビクトリアは答えた。いまの彼女にわかるのは、重ねられた唇の羽根のような感触と、優しく抱き締められた腕のたくましさだけだった。

「きみはぼくの想像力をどこまでもかきたてたよ。月明かりに照らされた庭、岸辺に打ち寄せる波……、星空のもとでうたうナイチンゲール……、城壁の下を跳ね回る一角獣……」

からかわれているのではないかと、ビクトリアはトパーズ色の瞳のなかをのぞきこんだ。アントニーの描くイメージはあまりにロマンティックだった。それが本心から出た言葉だとすれば、ビクトリアはまたあらたな彼を発見することになる。

スリーピースの背広、冷静沈着な態度を身につけた都会的でモダンな男性の面影はいまはなく、それよりもずっと自然で素朴な感じがする。強烈な飢えと雄々しい欲望を抱くひとりの男、たくましさともろさを同時に身につけた男、自分に厳しくも甘くもできる男に変わっていた。

そんな彼にビクトリアは女としての感情を揺さぶられた。自分でも信じられないほどの欲望にあおられ、いまだ経験したこともない情熱に目覚めさせられた。

「アントニー……」夜のかすかな物音にもまぎれてしまうほどひそやかな声でビクトリアは彼の名を呼んだ。彼女の口もとからもれるその小さなささやきをアントニーがすばやく吸いこみ、とつぜん唇を奪った。

ビクトリアも、それを求めていた。彼への欲望はあまりにすさまじく、抑制心も遠慮もどこかへ消し飛んだ。この激しいくちづけのあとに何があろうと、怖くはなかった。

本能のままにひとつになり、快楽の絶頂に昇りつめていく姿ほど自然なものはない。そこには何の気取りも社会的なしきたりもない。

ふたりがまとっていたわずかな衣服は、ためらうことなく自然にはぎとられた。裸になると、ふたりは熱く激しく抱きあった。手脚がからみあい、心臓の鼓動までが同じリズムを刻んでいる。

ベッドでアントニーの下になるのを、ビクトリアは拒んだ。うまくからだをひるがえして、彼女はアントニーの上になることができた。彼がそれを許さないかぎり、最後まで受け身のままで終わってしまうのをビクトリア自身よく心得ていた。

ゆっくりとじらすようにして、ビクトリアは彼のからだを愛撫《あいぶ》した。敏感な長い脚の裏から、粗い毛の生えた筋肉質のふくらはぎや太腿へ、彼女の手が這《は》い進む。柔らかい指先は太腿のつけ根の深い茂みをそっとまさぐり、それからその窪《くぼ》みをもてあそぶ。

熱く長いひとときがふたりを包む。ビクトリアの愛撫はさらにつづき、彼の胸を取り巻く筋肉の力強い感触を味わった。

アントニーの喉の奥からうめき声がもれた。ビクトリアの手にただ触れられたままでいるのは彼にとって甘く切ない拷問にも等しかった。一糸まとわぬその姿を見ているだけで、アントニーのからだは耐えきれないほどうずいた。つややかで浅黒い彼の肌に重なるビクトリアの肌は、ぬけるように白く美しかった。波打つ力強い筋肉の上にただよっている彼女は、いつも以上に華奢で頼りなく見えた。

けれども、アントニーの目はごまかされなかった。いくら華奢に見えようと、ビクトリアはそのからだに彼自身にも劣らぬほどの力強さを秘めている。いや、それ以上かもしれない。ビクトリアのなかに宿る力は、生命をはぐくむこともできるのだ。その不思議な力にかなう男性はひとりもいない。それを解き明かすことも、持ちあわせることも男性には許されない。

ビクトリアの体内には、太古の時代から生きつづけてきた力が脈々と流れている。彼女は海、月、生命そのものだ。過去と未来はそこから生まれ、はぐくまれる。

ビクトリアは彼をいざない、魅了し、あやしく光る蜘蛛《くも》の巣におびき寄せた。アントニーは自らそのなかに囚《とら》われていった。いまのビクトリアに、彼は恐れさえ抱いた。

というのも、ビクトリアによって奥深いところに秘めてきた自分のほんとうの姿を見せつけられたからだ。彼はほんとうに強い男ではない。ただ世の中を渡るために精いっぱい強がってきただけなのだ。つかのまでもいいから、肩の荷を降ろせる安らぎの場がほしいと願いながら。

ビクトリアはそれをかなえてくれる。ビロードのように柔らかな秘密の園に深く埋もれる喜びをもたらしてくれる。

熱く身を焼かれるような飢えがアントニーの全身を貫き、からだ中の筋肉が張りつめた。彼は、これ以上待てそうになかった。かすれたうなり声が喉もとからこみあげる。アントニーはたまらずに彼女のからだに手を伸ばした。

丸味を帯びたビクトリアのヒップは大きな両手につかまれた。かたい指先がそこを愛撫する。たくましいからだをひと息に反転させて、アントニーは彼女の上になった。

揺らめく暖炉の炎がビクトリアに重なる大柄な彼のからだに影を落とす。海を思わせる彼女の瞳は大きく見開かれ、その奥にはひと筋の光が輝いていた。熱くうるんだ瞳に映っているのは、ビクトリアの体内で燃えさかる欲望の炎だった。

ビクトリアは重なったふたりのからだを見下ろしていた。アントニーの大きな手は彼女の乳房をつかみ、かたく張りつめた乳首を親指でしきりに撫《な》でている。

アントニーはからだをかがめ、ピンクのつぼみの片方を口に含んだ。ビクトリアの口もとからそっと悲鳴がもれる。性急な欲望にせっつかれて、彼は乳首をむさぼるように吸った。きらめく快感の矢がビクトリアのからだを貫き、芯《しん》まで突き刺さった。たまらずに、彼女はからだをのけぞらせた。

激しい愛撫の手を急に止めると、アントニーはこわばった顔でビクトリアを見下ろした。「きみをがっかりさせたくないけど」あえぎながら、彼は言った。「もうこれ以上がまんできない……」

息づかいも荒く、目もくらむような情熱の渦にのまれながら、ビクトリアはどうにか声を出すことができた。「待たなくてもいいのよ。お願い、アントニー……」

それ以上促す必要はなかった。からだ中に力をみなぎらせて、アントニーは彼女とひとつになった。自ら迎えようとするビクトリアのからだの奥深くに勢いよく突き進む。一角獣が乙女の肘の上に天国を見出《みいだ》すように、彼は捜し求めていた安らぎの地を彼女のなかに見出した。

そこにたどり着くと、わずかながら抑制力も働いた。輝かしい絶頂の階段をふたりして昇りつめていくまで、アントニーはかろうじて持ちこたえた。ビクトリアの陶酔を告げる妙なる収縮が始まった。すかさずアントニーはそのあとを追った。熱い解放感があふれてきたときも、ビクトリアの名を叫びつづけていた。

ふたりを包む高い石壁造りの部屋を、暖炉の明かりがまえより優しく照らしている。満ち足りた恋人同士の交わすひそやかなささやき声が、静かな夜に響いている。そして部屋の外では、老いたカシの木の枝にとまった一羽のナイチンゲールが、美しい声でさえずっている。

15

「背筋をぴんと張るんじゃ、ビクトリア」伯爵が指示を与える。

「膝を内側に入れて、そうじゃ……、よしよし。いいぞ……。わしの思ったとおり、あっというまに尻が座ってきたな」

伯爵の優しい心づかいを一身に受けるほうはそれほど自信がなかった。ひたすら精神力にものをいわせて、ビクトリアは何とか不安を隠しているのにすぎない。高い鞍《くら》に乗っているだけならまだしも、この仔馬《こうま》は少しもじっとしていない。おとなしい馬で二、三日練習したあと、伯爵がこの程度ならだいじょうぶといって、ビクトリアにむりやり勧めてくれた馬だった。

伯爵はなにも意地悪でそうしたわけではなかった。遠い昔からアルジャーソン家の人間は、ひとり残らず乗馬の名手だった。だからとうぜんビクトリアもうまく乗りこなせる素質がある。馬にたいする恐怖さえ克服できれば、必ず乗馬が好きになると伯爵は信じていた。

自分に素質があるかどうかはあやしいが、確かにそうかもしれないと思った。背筋を伸ばし、膝を入れ、手綱に必死でしがみつきたいのをがまんして、軽く、しっかりと握るよう心がけているうちに、ビクトリアはそれほど乗馬も悪くないと思うようになった。

馬の気高い美しさ、強さといったものがビクトリアのからだに伝わり、すばらしい生き物、そして日射《ひざ》しにあふれたすがすがしい一日とひとつに溶けあう喜びを味わえるようになった。

見渡すと、ダーシー家の馬小屋が朝日に輝いていた。手入れの行き届いた白い羽目板の建物が一列に並び、干し草や肥料、革や汗のにおいを放っている。

ここにも、園芸を好む英国人の気質がはっきりとうかがわれた。どの戸口にもゼラニウムの鉢植えが置いてあり、ベゴニアを吊《つる》した籠《かご》が風に揺れている。煉瓦《れんが》敷きの歩道沿いにはチューリップがきちんと植わっているし、格子棚には藤《ふじ》のつるがからみついている。

一見、牧歌的なのんびりとした風景だが、それがいかに勤勉な労働によって支えられているか、ビクトリアはこの二、三日で学んだ。一〇人以上の馬丁が日がな一日、額に汗を流して働き、毛並みのいい立派な馬の体調を万全に整えている。

ダーシー家で飼っている種馬は、血統の良さで定評があり、世界各地から連れてこられた雌馬が短期間、この白壁の馬小屋に滞在するという。

ここの馬丁の腕前も高く評価されており、その技術は父から息子へ、最近では娘にまで受け継がれることがある。馬丁の子どもたちはよちよち歩きのころから乗馬を教わる。アントニーの話では、ビクトリアもほんの赤ん坊のときに乗馬を習いはじめたということだった。しかし、ビクトリア本人にはどうしても信じられなかった。仮にそうだとしても、学んだ技術はとうの昔に忘れてしまい、一からやり直さなくてはならない始末だった。

それが何の得にもならない、と思っているわけではない。自分でも気づかないうちに、からだのあちこちを痛め、枕《まくら》の上に座って夕食をとらなければならなかったとしても、喜びに輝く伯爵の顔を見ているだけで、ビクトリアは十二分に報われる思いがした。

伯爵はほんとうに心から喜んでいるようすだった。喜びが全身にあふれているといっても言いすぎではない。長年の悲願が奇跡のようにかなえられたことに深く感謝しているのは誰の目にも明らかだった。

伯爵は見る見るうちに健康を取り戻していった。土地の医者が念入りに伯爵を診ては、毎日主治医のガレス卿《きょう》に相談するという万全の管理体制がとられていた。それでも、伯爵がベッドを離れられるのはわずかな時間に限られていた。彼はその時間をフルに利用して、孫娘の乗馬がどれだけ進歩したかたのしみに見守った。

仔馬を伯爵のそばに引き寄せると、ビクトリアは馬から下りて、手綱を馬丁に渡した。いかつい顔つきの老いた祖父を思わず抱き締めると、祖父もまた孫娘を両腕に包みこんだ。

「お尻が座ってきました?」ビクトリアはいたずらっぽく言った。「でも、このお尻ときたらほんとうに鈍くて切って捨ててしまいたいくらい」

「ばかなことを」ビクトリアに抱擁を返しながら、伯爵は照れを隠すためにわざとぶっきらぼうに言った。「いまにうまくなる。ペガサスはおまえに似合っとるよ」

馬丁に引かれていく元気な馬を見送りながら、ビクトリアはうなずいた。「ほんとうにすばらしい馬。正直言って初めはちょっとおっかなびっくりでしたけど、あの馬はとてもがまん強いみたい」

「アントニーの選び方がいいんじゃよ。あいつは昔から馬を見る目があるからな」

アントニーといえば……、厩舎《きゅうしゃ》からたったいまあらわれて、こちらに向かってくる彼にふと気づいて、ビクトリアは歩きだそうとした足を途中で止めた。馬丁頭と出会い、言葉を交わしているアントニーのようすを、彼女はこっそりうかがった。

アントニーは彼女と同じような乗馬服を身につけていた。黒いブーツに黒い乗馬ズボン、そして白いシャツ。ビクトリアが着ているのは来客用の真新しいものだった。一方、彼の服は清潔できちんとからだに合うよう仕立ててはあったが、長年愛用しているらしくくたびれている。

天気がいいせいか、アントニーは襟を開け、袖《そで》を腕までまくり上げていた。黒い毛におおわれたつややかな腕を見て、ビクトリアはおちつかなくなった。長い一夜をともにした喜びが胸によみがえり、あわてて彼から目をそらす。

ビクトリアの横で、伯爵は目を細めてくっくっと笑った。愛らしい孫娘が何に夢中か、知らぬわけではない。伯爵にしてみれば、これほど喜ばしいことはなかった。

望みを失いかけたところへ、ビクトリアが彼の手に戻った。それだけではなく、慈悲深い運命が、孫と、彼がわが子のように愛している男をいちばん好ましい形で結びつけようとしている。

長年背負ってきた人生の重荷からようやく解放されて、伯爵はいま、生きる力と安らぎを同時に得た思いがした。

この場にふさわしい軽い口調になっていればよいがと願いながら、伯爵は言った。「おまえとアントニーはけっこう仲よくやっておるようじゃな。あいつが気に入っとるんだろう?」

気に入る? ビクトリアの気持ちを言いあらわす言葉としては少しも的を射ていなかったが、彼女は英国ふうに控えめな態度を装ってうなずいた。「ええ、とてもいい方だと思ってます」

ウィリアム卿は笑いをごまかすためにあわてて咳《せき》こんだ。かつての恋愛の経験者として、いまは慎重な扱いを要する感じやすい時期だということをよく心得ていた。ビクトリアが恥じらうのを見て、伯爵はなりゆきを心配することはなかった。むしろ、ふたりの仲が急速に発展しているという感じを強めた。

「この世にあんないいやつはおらんよ」伯爵は心からそう言った。「家によく尽くしておるし、義務はしっかり果たそうと努める。不名誉なことは死んでもできん男だ」

「ええ……そうですね」ビクトリアの言葉はそこでとぎれた。アントニーがふたりのほうに近づいてくる。彼と会える喜びをいくら隠そうとしてもむだだった。

アントニーにしてもそれは同じだった。彼もまた、ビクトリアのまえで平然とはしていられなかった。ふたりはたがいの姿にすっかり見とれ、馬小屋の立ち並ぶ区域からいっせいに注がれる温かい視線に気づくゆとりさえなかった。

「おはようございます」ビクトリアと伯爵の両方に頭を傾けながら、アントニーは静かに言った。美しい女性から片時も目をそらすことなく、かろうじてその横の老人も視野のなかに入れる。うわのそらになってしまう自分に無頓着《むとんじゃく》などころか、驚きすら覚えて、アントニーはつづけた。「ご機嫌いかがですか、伯爵？」

「最高じゃよ、おまえ。こんなに気分のいいことはない」その言葉どおり、伯爵は元気はつらつとしていた。青い目はきらきらと輝き、年のわりに引き締まった顔には赤味がさして、いかにも健康そうな色つやだった。

ようやく自分を取り戻し、自分の義務を思い出して、アントニーはうなずいた。「それを聞いて安心しました。では、二、三時間ごいっしょにホークス・ネストの帳簿でも見ましょうか。伯爵はあそこの収支が気になっておいででしょう」

じつのところ、伯爵にとってこれほど気乗りのしないものはなかった。病気のあいだ、彼の所有地の管理を引き受けてくれた息子代わりの青年の仕事熱心さには感謝のしようがないくらいだったが、こんな天気のいい日には帳簿調べなどより、もっとたのしく過ごしてもらいたかった。

少々肩を落とし、必要以上に重々しく杖《つえ》をついて、伯爵はつぶやいた。「どうも自分を買いかぶっていたようじゃ。急に疲れが出てきたよ」

若いふたりはそのひとことでとたんに心配になり、老人のからだをしきりに気づかった。彼らの勧めに逆らいもせず、伯爵はおとなしくベッドに戻ると約束した。しかし、いっしょに部屋までついていくという申し出は、頑として聞き入れなかった。

「何を言っとるか。わしは自分のめんどうぐらいちゃんとみられる。おまえたちふたりはたのしんでいればいい」ふと思いついたようなくちぶりで、伯爵はつけ加えた。「アントニー、どうかね、この付近をビクトリアに案内してやっては。孫もそろそろここになじんでもいいころじゃ」

期待に胸をふくらませながらも、アントニーは必死に無表情を装って言った。「わかりました、伯爵」ビクトリアのほうに顔を向けて言う。「ひと乗りしてみないか?」

車を乗り回すのであれば、ビクトリアはその誘いに大喜びで応じただろう。が、いまはどう返事したものか、と頭を悩ませた。

さいわい、ビクトリアはただもう一度、ペガサスにまたがるだけでよかった。アントニーがそのつややかな手で触れると、この馬はすぐに聞きわけがよくなった。ペガサスといっしょにあらわれたのは、ベンチャラーという名の大きな赤毛の種馬だった。ペガサスはこの馬の娘にあたり、父親の力強さと母親の気品を受け継いで、やんちゃな仔馬に育った。

二頭のはつらつとした馬に並んでまたがり、ふたりは伯爵に手を振った。伯爵はふたりの手前、いかにも元気がなさそうにしていたが、じつは小躍りしたくなるほどうれしかった。

馬小屋の並ぶ区域を過ぎると、ふたりは北へ向かった。広い道からそれると、その先には閑静な田舎の風景が開けていた。

少し先へ行ったところで、アントニーが優しく声をかけた。「ビクトリア、ここからホークス・ネストまでそんなに離れてないんだ。きみの先祖伝来の屋敷だよ。そこまで足を向けてもいいんだが、なにせ、きみのお祖父《じい》さまがきみを連れて行きたがってるから、先を越すと悪いような気がしてね」

感謝の気持ちをこめてビクトリアは微笑《ほほえ》んだ。「それはまだまだ先のことになりそうだわ。でも、そうなったらすばらしいでしょうね、お祖父さまにとっても、わたしにとっても。お祖父さまの健康がすっかり回復するまでそのたのしみはとっておくことにするわ。

いまのところ、口では元気だっておっしゃってるけど、まだ十分ではなさそうだもの」

「でも、伯爵のきょうの魂胆は願ったりかなったりだな。ぼくとしても、きみとふたりきりになりたくてしかたなかったんだ」

アントニーの言葉がうれしくて、彼女の頬は赤く染まった。その意味を深く考えすぎてはいけないと思い、ビクトリアは話題を変えた。「ホークス・ネストをこの目で見ないうちから、記憶が戻ってきてるみたいなの」

「何かはっきりしたことを思い出した?」

「断片的なことをいろいろと……。一連の出来事というより、ちぐはぐな場面がつぎつぎに浮かんでくるの。うまく言葉では言えないけど……。とぎれがちな映画を見ているような……」

ふたりをへだてていたわずかな距離を埋めて近づくと、アントニーは彼女の手に軽く触れた。「それだけでもたいしたものだよ。あせることはないんだからね」

彼の理解と励ましに心が温まり、ビクトリアは優しく微笑みかけた。「はじめはそうだったわ。何もかも思い出そうとやっきになって。でもいまはずっと自信がもてるようになったの。よくはわからないけど……。いずれにしても、現実は現実として受けとめるつもりよ」

「それは賢明だ」目のまえにぶらさがっている低い小枝を避けようとして、アントニーはからだをかがめた。それからまた話しだす。「最近、メグから連絡はあるのかい?」

「きのう手紙をもらったわ。何もかもうまくいってるそうよ。お店の世話もたのしくやってるって書いてあったわ」

「ほかには?」

「小説を書き終えたって。いままでとちがって、予定より早く仕上がったそうよ。もう別の作品にとりかかったんですって」

「奇妙だな。店と両方やって、予定より早く終わるとはね」

「わたしもそう思ったのよ。でも、ひとり家にこもって小説に専念しても、思ったほど能率があがらないことに気づいたそうなの」

しばらくのあいだ、ふたりは無言で馬を走らせ、カシの木が茂る谷間を通り抜けた。古代のケルト族の僧侶《そうりよ》たちが木々に祈りを捧《ささ》げる姿が目に浮かぶほど、そこにはあやしい雰囲気がただよっていた。端のほうには小川が流れており、そこでふたりは馬に水を飲ませ、ひと息入れることにした。

ビクトリアの細いウエストにそっと手をかけて、アントニーは彼女が馬を下りるのを手伝った。薄いシャツを通して、ビクトリアは彼のぬくもりをなまなましく感じた。明け方に燃えつきたはずの情熱が、それを機にふたたび燃え上がろうとしている。

からだをかがめると、アントニーは優しく唇をふれ合わせた。そして、驚きとともにつぶやく。「愛《いと》しいビクトリア。きみはほんとうにすてきだ」

その言葉は彼の気持ちを十分には伝えていなかった。ビクトリアによってかきたてられる感情のほとばしりはあまりに激しく、とても言葉では言いあらわせない。いまほど彼女を守り、そして奪いたいと思ったことはない。いまほど彼女と人生のすべてを分かちあいたいと思ったこともなかった。

それは、彼自身恐れをなすほど激しい感情だった。ただひとつ安心なのは、ふたりの行く手をはばむものは何もない、ということだった。アントニーはふと微笑みを浮かべた。昔から、真の愛がたどる道のりは険しい、と言われている。ところが、ふたりの場合だけはべつだった。

何もかもがふたりの愛に味方している。ふたりが運命の定めた道を歩み、結婚にいきつくとすれば、どちらの家族もきっと喜んでくれる。二大貴族である両家の結びつきを世間も心から祝福してくれるだろう。

当人同士にしても、分かちあった愛と喜びを礎に、すばらしい未来を築いていける。

アントニーは深々と満ち足りたため息をついた。知らぬまに自分は、生涯をかけて自分の半身を捜し求めていた。そしてついにビクトリアという女性とめぐりあえた。彼女はぼくの望むすべてを備えている。いや、それ以上だ。

「何を考えているの？」ビクトリアは静かにたずねた。アントニーの考えをじゃまするつもりではなかった。ただ、彼の瞳に映る何かに魅せられて、思わずたずねてしまったのだ。あれは何だろう？　優しさ。情熱。そして……、名づけるのが怖いような気がする。真の献身？

「いろいろなことをね」アントニーが答える。「美しい女性をこの腕に抱きながら、すがすがしい春の一日を過ごすのにふさわしいことばかりだよ」

無邪気そうに、ビクトリアはたずねた。「ダーシー家の家系にアイルランドの血はたくさん混じってるのかしら？」

「そうさ、たっぷりとね。でもどうしてきみが知ってるんだい？」

「お世辞がうまいんですもの」

深く傷ついたふりをしながら、アントニーは言った。「きみも酷な人だな。保証するよ、ぼくはほんとうのことしか言わない」

真顔に戻って、ビクトリアは冷静な声で言った。「ええ、わかってるわ、アントニー。あなたは嘘《うそ》をつく人じゃない」

ビクトリアの真剣な口調に、アントニーはひどく心を打たれた。その言葉は、ほかの誰に言われるよりも大切なものに響いた。アントニーの送るくちづけは、その喜びを何よりも物語っていた。

ため息をつきながら、アントニーは彼女の顔を大きな手に包みこんでさらに抱き寄せた。

ビクトリアのからだは彼のからだにぴったりとおさまり、ちょうど肩のあたりに顔が届いた。ビクトリアが強く勇敢な女性なのはわかっていたが、こうして抱いているとひどく華奢《きゃしゃ》で頼りなく感じられる。

「さて」残念そうにアントニーは言った。「そろそろ出かけたほうがいい」

豊かなまつげの奥から、ビクトリアの瞳が挑むように微笑みかけた。「どうして？　あせらないほうがいいって言ったのはあなたじゃなかった？」

彼女が何を言いたいかすぐに察して、アントニーの胸に喜びと驚きが同時にこみあげた。それから急いであたりを見回し、ほかに誰もいないのを確かめると、貴族らしい優雅な態度でこの場の雰囲気に溶けこんだ。

「いまだかつて――」アントニーはかすれた声で言った。「紳士がご婦人の申し出を断ったという話を聞いたことがない。できることなら何だろうとしてさしあげるものだ」

「だといいんですけど」ビクトリアはいたずらっぽく言った。老いた松の木の下にアントニーが優しく彼女を横たえる。ふたりを迎えた柔らかくかぐわしい松の葉は恋人たちには申しぶんのないしとねとなった。

さっきの言葉どおり、アントニーは彼女の望みを存分にかなえた。彼はゆっくりと愛撫《あいぶ》を重ね、欲望をかきたて、耐えられないほどの興奮を呼び覚ました。からだとからだが激しくからみあい、いつしかビクトリアは愛撫を受けているのがどちらなのか、わからなくなった。

ビクトリアの隣で片肘をつき、自分のからだの位置を変えながら、アントニーは彼女のシャツのボタンをひとつずつ外していった。ようやくシャツのまえを開くと、薄いレースのブラジャーの上からなめらかな乳房を優しくくすぐる。

めくるめく興奮の渦がビクトリアの全身に押し寄せる。松葉のかぐわしさ。頭上に垂れる小枝のあいだからもれる暖かい日射し。ひたひたと岩を打つ小川のせせらぎ。アントニーの広い背中で躍っている影。そして、自分を見つめる彼の瞳の輝き。すべてがまさに夢のようだった。

視線をそらさずに、アントニーは時間をかけて慎重にブラジャーのフロントホックを外し、それを取り去った。ごつごつとした手の先で彼女の乳房を優しく包む。

口もきけないまま、ビクトリアは彼の下でからだをふるわせた。もっとアントニーのそばにいき、彼に触れ、彼のすべてを自分のなかで感じたかった。

魅惑のひとときにもいつしか、現実がしのびこんだ。ビクトリアのはいている乗馬ズボンのジッパーを下ろしかけたとき、アントニーははたと手を止め、哀れな目をして彼女を見た。「ふと思ったんだが、ぼくらのブーツ……」

「英国紳士はそんなささいなことであきらめたりしないものでしょう?」

「確かにそうだ」アントニーの声は上ずっていた。彼の下でからだを投げ出しているビクトリアの姿、あらわになった美しい乳房、欲望にけむる瞳、それらを見ているだけでアントニーは自分を抑えることができなかった。やはり、ブーツを脱がさなければ。

すばやい動作で、アントニーは彼女の左足をしっかりとつかみ、ブーツを引っぱった。両肘でからだを支え、いかにもくつろいだようすでビクトリアはにっこりと笑い、足の先を揺すった。「もう片方の足もお忘れなく」

アントニーがちらりと危険なまなざしを送り、右足からブーツを取り去った。つぎにソックスを脱がせ、素足になった両足をつかむと、親指と人差し指で細いくるぶしを握りしめる。

「ぼくがきみの立場だったら」とアントニーは忠告した。「もっと慎み深くしているよ。この体勢だとちょっと抵抗しにくいからね」

「わたしをくすぐろうなんて思っても」息をはずませて、ビクトリアはあえいだ。「だめよ。くすぐられても感じないんだから」

アントニーが片眉を上げる。「そんな人間がいるとは思えないがね」

もっとも、彼は初めからくすぐるつもりはなかった。ビクトリアの両脚を開くと、その間にひざまずいた。

コットンの乗馬ズボンの上から、アントニーの手がじらすようにゆっくりと彼女を愛撫し、少しずつ欲望の中心へと近づいていった。思わずビクトリアはうめき声をあげ、必死に彼の手首をつかんで止めようとした。

ビクトリアの力ではとても彼にかなわず、なすがままになっているしかなかった。しばらくして、アントニーはほんの少しだけ力をゆるめ、かすれ声で言った。「今度はきみの番だ」

松葉を敷きつめたベッドに寝ころぶと、彼はブーツをはいた足を片方持ち上げた。ビクトリアがまぶしそうにうなずく。そよ風が開いたシャツのまえとブラジャーをはためかせ、アントニーの目をさらにたのしませてくれた。ビクトリアはすなおにブーツを引っぱった。その拍子に豊かな乳房が大きく揺れる。

両方のブーツを脱がされるころには、アントニーの息づかいも激しくなり、からだになじんだ乗馬ズボンが張りつめ、彼の興奮をよく物語っていた。ビクトリアのからだを飢えた獣のように求める彼には、もう余裕のかけらもなかった。

ビクトリアの細い首筋に熱い唇を這《は》わせ、乳首にたどり着くと、アントニーはそこをむさぼるように吸った。そのあいだに残りの服を急いで脱がせる。自らも服を脱ぎ去ると、ふたりをさえぎるものはひとつもなくなった。はやる気持ちを抑えきれず、彼は一気に彼女のなかに入っていった。

からだを開いてアントニーを迎えながら、ビクトリアは激しく息を吸いこんだ。彼はビクトリアのからだをすっかり満たし、ためらいや理性の入りこむすきを与えなかった。ビクトリアにきつく抱き締められて、アントニーは力強い動きをくりかえした。惜しげもなく自分を与え、そしてすべてを彼女から引き出す。

ふたりが身につけていた文明の衣は引きちぎられ、そこから本能がむき出しになった。ビクトリアはあかあかと燃える炎、逆巻く波になった。アントニーは吹き荒れる嵐《あらし》となって、炎と波を狂おしくあおり立てた。

世間のあらゆることが遠くなり、残されたふたりは彼らだけの宇宙をつくりあげた。官能の波がいつしかふたりをのみこんでいく。たがいのからだにしがみつき、ひとつの生き物のようにからだを動かし、輝かしい頂上へとともに昇りつめていく。

ついにたどり着くと、ふたりはエクスタシーに溺《おぼ》れ、解放の喜びにひたった。天国にもまさるたがいの腕のなかでゆっくりと地上へ舞い降り、あとには満ち足りた思いだけが残った。

16

歴史という、人間の営みのなかで、いつの時代、あらゆる文明にも必ずひとつの迷信があるものだ。物事がうまくいきすぎると、いつか不幸にみまわれるというのもそのひとつ。ビクトリアもそんな不安を覚えないわけではなかった。いままでが不思議なくらい運がよすぎた、と自分でも認めていた。

警察との会見も、たった一回きりで無事にすんだ。立ちあった警部が、意外にも神経のこまやかな、ものわかりのいい人物で、ビクトリアを怖がらせないよう十分気をつけながら、必要なことはすべて聞き出した。

ビクトリアの記憶がほとんどないのを知ると、この警部は事件を再調査してもむだだとわかってくれた。もし記憶が戻るようなことがあれば、警察としても喜んでお手伝いさせてもらうとも言ってくれた。

マスコミの場合は少し事情がちがったが、それでもビクトリアが恐れていたほどではなかった。やはり彼女の噂《うわさ》はブラックスワンの外に広まっており、世間を騒がせていた。

一躍有名になりたければ、ビクトリアはたちまちそうなれただろう。けれども、ただ目立たないようにしてさえいれば、世間の目はほかに移るということを、彼女は身をもって証明した。

幸運といえばほかにもある。フィオナが思いがけないほど温かく迎えてくれたこと。ウィリアム卿《きょう》が誰もがうらやむほどすばらしい祖父だということ。そしてアントニー……。アントニーとめぐりあえたのは、彼女の人生のなかでいちばん貴重な出来事だった。彼女の生活も未来も、自分にたいする見方も、何もかもアントニーが変えてしまった。この世をすばらしいものに変えてくれた。

目もくらむほどの幸福感。それをこの二、三日、ずっと味わっていた。こんなに大きなしあわせは長つづきしない、とときおり心の底でささやく声がしたが、ビクトリアはかたくなに耳をふさいだ。

けれど、ついに終わりが訪れた。それも嵐《あらし》のようにではなく、小さな波紋となって押し寄せたとき、ビクトリアはなぜか少しも驚かなかった。

皮肉なことに、それはキャティの明るい顔が居間をのぞきこみ、電話を告げたときに始まった。

「アメリカからでございます、お嬢さま。ミス・フィッツジェラルドとおっしゃる方からです」

「すぐ行くわ」ビクトリアは、ウィリアム卿やフィオナ、そしてアントニーとブリッジをしていたテーブルを立ち、祖父に急いでキスを送った。それからひんやりした広い廊下に出て、いちばん近くの電話に駆け寄った。

メグの声は、同じイギリスで話しているようにはっきりと耳もとに届いた。

「こんな時間にかけてもよかったかしら」

「ええ、だいじょうぶよ。そちらはどんなようす？」

「えっ……、ええ、順調よ……。お店は大繁盛だし、あたしもたのしくやってるわ」

「小説のほうは？」

「絶好調よ。おかしなものよね。小説に専念できたら、すばらしいものが書けるって何年も思いこんでたけど、あたしって人に囲まれてるほうがあってるみたい」

「じゃ、新作もはかどってるのね」

「そう、編集者も気に入ってるわ。正直言って店を離れるのがつらくて」

「それはわたしが戻ってからふたりで話しあいましょうよ」

「じゃ、戻るつもりなの？　いえ、いつ戻るか具体的に決めたの？」

「まだよ」ビクトリアは答えた。「いつになるかまだわからないわ。あなたが迷惑でなければ、もう少しここにいて、それからいろいろと決めたいんだけど」これからの決心はほぼついたし、将来のことをはっきりさせるのにそんなに時間はかからないと思う、と静かにつけ加える。

「そうしたらいいわ。こっちのことは気にしないで、ゆっくり考えて。ところで……、ちょっと変な言い方だけど、いまひとり?」

驚いてビクトリアはうなずいた。「ええ。何か重要なこと?」

「さあ、それが。べつにたいしたことじゃなければいいと思うんだけど。ほら、ウィルソン&デイビスって探偵社、あそこからきょう連絡が入ったのよ。あなたの言ってたドロシー・カーマイケルのことで伝えておきたい情報があるって」

電話のそばに椅子《いす》が置いてあった。ビクトリアはいつのまにかそこに腰かけていた。胸のあたりが妙に締めつけられて、とつぜん息苦しくなった。かすれた声で彼女はたずねた。

「何なの?」

「ただ……、ドロシー・カーマイケルには実の娘がひとりいたらしくてね。ビクトリア・アルジャーソンだと思われる子どもが連れてこられたとき、その子もいっしょに暮らしてたそうよ。ふたりの少女は年格好もちょうど同じくらいで、よく似てたんですって。どちらも髪はブラウン、目はブルー。片方は口がきけなくて」一瞬ためらってからメグはおだやかに言った。「当時住んでいた近所の人たちの話によると、口のきけないほうがドロシーの実の娘だっていうのよ」

電話をあまりきつく握りしめすぎて、指から血の気がうせているのにビクトリアはぼんやりと気づいた。どうにか手の力をゆるめはしたが、心をおちつかせようと必死だった。

「メグ……、探偵社は確かな話だといってるの?」

「ええ、残念だけど」ビクトリアが孤児院にいた話はメグも聞かされていたし、最初の一年間は口がきけなかったことも知っていた。探偵社のもたらした新事実が何を意味するか、この友人には痛いほどわかっていた。

「ほんとうに残念だわ……」メグがつぶやく。「きっと何かのまちがいよ」

努めて冷静なふりを装って、ビクトリアはたずねた。「ドロシー・カーマイケルはどうして子どもをすり変えたのかしら。ウィルソン&デイビス社はそのわけを説明してくれた?」

「ええ……、あの女性がビクトリアを手放したがらなかったのは、警察に知られるのを恐れたからだって。自分の娘は口がきけないからその心配はないでしょう。だからその子を残して、かわりにビクトリアを連れてったと彼らは考えてるわ」

「連れてったって……、どこに?」

「探偵社もそのへんは確かじゃないらしいわ。もしかしたら、ドロシー・カーマイケルは一九六五年、カナダ国境付近で起きた自動車事故で即死したかもしれないって。いっしょにいた少女もいっしょにね」

「でも……、わたしには記憶があるわ。あると思うんだけど。ところどころ思い出しかけているのよ」

ビクトリアの声に混じる絶望の色をメグは聞き逃さなかった。努めて優しく彼女は言った。「あたしもそのことを探偵社に話したのよ。でも、残念ながらそれも説明がつくっていうの。彼らが話を聞いた近所の人たちによると、ふたりの少女はとても仲が良かったとか。ドロシーがふたりをほかの子どもと遊ばせないようにしていたから余計そうだったのね。口のきけるほうが、もうひとりの子を相手にいつもおしゃべりしてて……」

「つまり……、ビクトリアが聞かせてくれた思い出話を、わたしが自分のことのように思いこんだっていうの？」

しかたなく、メグは同意した。「そういうことになるわね。でも、それはそれでいいじゃない、ね？　ほんとうの名前がなんだろうと、あなたであることには変わりないんだから」

理屈から言えば、メグのいうとおりだった。しかし、それは現実とはあまりにかけ離れていた。

ビクトリアが築きあげたものは夢にすぎなかった。親しい友人と、やっとめぐりあえた家族、そして愛する男性に囲まれたつかのまの夢。

たったいま聞かされたことをアントニーに話したら、彼は何と思うだろう。その答を出すのに、ビクトリアはたいして時間がかからなかった。彼女がウィリアム卿の実の孫娘ではないというだけでふたりの関係から身を引くのはもってのほかだと言うに決まっている。昼も夜もいっしょに過ごした夢のような日々が強い絆《きずな》をはぐくみ、ふたりは暗黙のうちに将来を確かめあった。どんな理由があろうと、どんな犠牲を払おうと、彼はそれを裏切ることはしないだろう。

義務と名誉。そのふたつが彼の人生の基礎となっている。彼こそ、真の〝完璧《かんぺき》な騎士〟なのだ。

自分と同じ階級の女性にしか心を託してはいけない、と常識が彼に釘《くぎ》を刺すかもしれない。けれど、偶然とはいえ、反対のことをしでかしてしまった以上、彼があと戻りするとは思えない。

それどころか、ビクトリアのもとを決して離れまいとするだろう。この先、何が待ち受けていようとも。

こんなふうに考えてみても、ビクトリアには何の気休めにもならなかった。アントニーへの愛はあまりに深く、彼が傷つく姿を見るのはとても耐えられなかった。

アントニーの人生はすべて満ちたりたものであってほしい。心から人生をともにできる誰かの愛情と協力を彼から奪うことにでもなれば、ビクトリアは決して自分を許さないだろう。

残る道はただひとつ、アントニーに事実を打ち明けるしかない。でも、どうやって？

彼に直接話せば、ここにとどまるように説得するのが自分の義務だと思うはずだ。それに、ウィリアム卿のことがある。いくら快方に向かっているといっても、これほど手痛い打撃と失望を味わえば必ずひどい反動がくるだろう。

身のふり方を決めたらすぐに知らせる、とメグに約束して受話器を置いたあと、ビクトリアはどうするのがいちばんいいか長いこと考えこんでいた。

目のまえの振子時計の音でいつのまにか時間がたっているのに気づいた。早く居間に戻らないと、誰かが捜しにやってくる。

ビクトリアはキャティを見つけだし、急に頭痛がしてきたので早めに床につく、とみんなに伝えてほしいと頼んだ。

二階の自室に戻ると、ビクトリアは部屋のなかを行ったり来たりしながら、メグの話に思いをめぐらし、それを事実として受け入れようと努めた。彼女の話には、疑う余地はなかった。

友人は心から信頼できる人物だし、ウィルソン＆デイビス社も徹底した調査を行なうことで知られている。念には念を入れて近所の人々の話を聞いたことだろう。そして、自ら納得したうえで彼女にその結果を伝えたはずだ。

つまるところ、わたしはドロシー・カーマイケルの娘、誘拐犯の片棒をかつぎ、わが子のことを少しもかえりみず、他人の手にゆだねてしまった女の娘なのだ。

ビクトリアの喉は切なく締めつけられた。こんなことなら、自分の素姓など知らないほうがずっとよかった。

身元捜しをつづけながらも、ビクトリアはときおり思うことがあった。最終的に何がわかったとしても、決して自分はしあわせにはなれないのではないか、と。それでも、これほど胸の張り裂けるような悲しみを味わうことになるとは思いもよらなかった。輝かしい未来が目のまえに開けたばかりだというのに。

やはり運命とは残酷なものだ。幸福の味を覚えさせておいて、すぐにそれを奪い去ってしまう。

もうたくさん。ビクトリアは厳しく自分に言い聞かせた。いまは自分を哀れんでいるときじゃない、早く行動に移さなければ。悲しみにのみほされてしまわないうちに。

ベッドの反対側にある、木と大理石でできた繊細な形の机に向かうと、ビクトリアはしばらく考えこみ、それからペンを取った。

置き手紙には簡単に事情を説明するだけにとどめた。ただ、自分がけっきょくは伯爵の孫娘ではなかったという知らせを受け取り、みんなに余計な悲しみを味わわせてはいけないので、静かにここを立ち去ることにした、と書いた。

手紙はアントニー宛《あて》にし、ころあいを見はからってウィリアム卿にこのことを伝えてもらいたい、と頼んでおいた。いまは他人とわかってしまったけれど、ビクトリアはその老人に家族と同じ愛情を抱くようになっていた。

アントニーへの愛は、手紙にはひとこともらさなかった。書いたところで何になるわけでもない。彼がビクトリアの気持ちを知らないはずがなかった。ただ、こうするのがふたりのためにいちばんいい。アントニーはわかってくれるとビクトリアは信じていた。

小さなスーツケースに荷物をつめこみ、屋敷内が寝静まるのをひたすら待ち受けながら、ビクトリアは、こうするしかないと、自ら信じようとしていた。

廊下を伝って誰かがやってくる足音が聞こえ、彼女は計画に入れていなかったことがひとつだけあるのに気づいた。あわててスーツケースを隠し、ベッドカバーのなかにもぐりこみ、それを喉まで引き上げた。

部屋の前を通りすぎる者に、早めに床についたと思わせるため、すでに明かりは消しておいた。アントニーが心配してここにやってくるのを忘れていた。彼女のようすを見て、だいじょうぶかどうか確かめないうちは安心して眠れないのだろう。

ドアに背中を向けて横になり、軽いノックにも返事をしなかった。しばらくしてドアが静かに開き、廊下の明かりが部屋にさしこむのがわかった。

絨毯《じゅうたん》の上をそっと歩くアントニーの足音に、ビクトリアはからだをこわばらせた。規則正しい寝息を立て、目を閉じているのは至難の業だった。

「ビクトリア?」ベッドに身を乗りだすようにして、アントニーがささやいた。ビクトリアの額に軽く手を当て、それから頬をそっと撫《な》でた。

その仕草は少しも官能的ではなかった。子どもが熱を出したとき、世の母親はきっとこんなふうにして優しくいたわるのだろう。それなのに、ビクトリアは喉からもれそうになる低いうめき声を必死に押し殺さなければならなかった。

しかし、彼女は思ったよりも芸達者なようだった。ただ、疲れて休んでいるだけだと、どうにかアントニーを信じこませることができた。彼はビクトリアの眉にそっとキスし、カバーをかけ直すと、足音を立てずに部屋を出ていった。

アントニーが行ってしまったあとも、彼女はそのままじっと身動きしなかった。青ざめた頬を涙が幾筋も伝い、枕《まくら》を濡《ぬ》らした。これまでの寂しい人生のなかでも、いまほどみじめな気持ちを味わったことはなかった。

アントニーのあとを追って、一部始終を打ち明けたい。そうして、ゆるぎない愛情を示し、強い味方になってほしかった。

いいえ、そんなことはできない。ほんとうの素姓がわかったいまは、彼の重荷になってしまうだけだ。ここを立ち去れば、彼を痛ましい苦境に陥れずにすむ。それだけが、わたしの暗い人生にひと筋の光を投げかけてくれるだろう。

夜明け間近の灰色の空の下で、ブラックスワンはまどろみに包まれていた。そのなかをひとり、ビクトリアは屋敷を脱《ぬ》け出し、門へ通じる砂利敷の車道を歩いていった。

そこでいったん立ち止まり、うしろをふりかえる。朝もやのなかに横たわる誇り高い館《やかた》を一生の思い出として心に刻みこんでおきたかった。

そのひとつひとつをいとおしげに眺め、心に覚えこませたあと、ビクトリアはようやく踵《きびす》を返して、門をくぐり抜けた。街までは遠い。タクシーがつかまるという保証もない。

ロンドン行きの始発列車に乗り、手紙を読まれるまえに姿を消そうと思うなら、急がなければならない。

17

ヒースロー空港は、世界のあちこちへ旅立つ人々、またイギリスを訪れる人々でごったがえしていた。みんな、それぞれに自分のことで忙しく、青ざめた若い女性がひとり静かにフライトの案内を待っているのに気づく者などいない。たとえ気づいたとしても、わざわざ立ち止まる者はいなかった。

人込みのなかにまぎれていられるのが、いまのビクトリアにはありがたかった。こうしてひとりもの思いにふけっていたい。考えてみたいことが山ほどある。とくに昔の記憶に関してはいまだにとまどうことばかりだ。

あいまいだった過去の記憶はますます確かなものになり、幼いころの思い出として誰もが覚えている程度には〝思い出せる〟ようになった。とぎれとぎれの思い出にはちがいないが、それだって決して不自然なことではない。

さまざまな場面がつぎからつぎへとあざやかによみがえる。たとえば、曲がりくねった階段を上り下りする召使たち。かわいがっていたぶちの仔馬《こうま》。つややかなマホガニーのテーブルに飾ってある黄色と青のアイリス。

音も思い出せる。晩冬の朝、暖かいベッドのなかで聞いた小鳥のさえずり。軒下を通り過ぎる風のささやき。大広間のパーティ会場に集う、宝石をちりばめた婦人や上品な紳士たちの笑いさざめく声。

それだけではない。胸に抱いて優しくあやしてくれる女性の柔らかな白い肌にまとわりつく花の香り。大きな錬鉄製のオーブンからただよってくるジンジャーブレッドのにおい。クリスマスの夜、暖炉を飾るヒイラギの香り。

いくら鮮明な思い出であっても、どれひとつとして彼女自身のものではない。それは、とうの昔に死んだひとりの少女が口のきけない少女に分け与えた思い出、すり変えられた思い出にすぎなかった。そんなものは早く忘れてしまうことだ。

でも、忘れるなんてとてもできない。ビクトリアは力なく頭を振った。多くの人にはあたりまえの記憶が欠けているばかりに、いつも不安な思いをしてきたが、いまは不安どころか、自分そのものを失いかけているような気がした。

まるで、彼女のなかに三人の人間が住んでいるようだった。ビクトリア・ロンバード、ビクトリア・アルジャーソン、そしてドロシー・カーマイケルの娘。心の平和を取り戻すためにも、あとのふたりのことは忘れてしまわなければ。

故郷に向かう飛行機に乗りこむと、ビクトリアは過去にはいっさい目を向けず、人生をやりなおすことだけを考えようと心にかたく決めた。

飛行機は予定より少し遅れてヒースロー空港を飛び立ったが、あとは平穏無事に海を越えた。

ビクトリアの隣に座ったのは、おしゃべり好きなカリフォルニア出身のビジネスマンだった。彼はこともあろうに飛行機の部品を売るのが商売で、めったに飛行機には乗らないと言うのだった。ビクトリアはそのひとことでビジネスマンの話に関心をもった。すると彼は飛行機に乗らないわけをとくとくと話してきかせた。

ニューヨーク時間の正午、飛行機がジョン・F・ケネディ空港に降りたったとき、ビクトリアは生きて帰れて運がよかったと思った。ターミナルをくぐり抜け、コネチカット行きのバスに乗りこむまで、あのビジネスマンのいましめの言葉が耳にこびりついていた。家にいなさい、そのほうが安全だ――。

家まで送り届けてくれたタクシーの運転手に料金を払うと、ビクトリアは故郷に帰りついた喜びを味わおうとした。けれど少しも実感がわかなかった。

晩春の一日は輝くばかりの美しさだった。店のまえの広い駐車場には車がひしめき、ここを離れたときと何ひとつ変わっていなかった。

それなのに、少しもうれしくない。ビクトリアは疲労ととまどいといらだちを覚えながら、小さなスーツケースを自室に置き、メグに会いに階下へ下りていった。

メグはレジの横のスツールにちょこんと腰かけ、すさまじい勢いでノートに走り書きしていた。ひどい疲れと心痛にさいなまれながらも、ビクトリアは友人の姿を見て微笑《ほほえ》まずにいられなかった。

赤い巻き毛をくしゃくしゃにして、鼻には泥をくっつけ、書きものに熱中しすぎて丸い頬を赤くほてらせているメグ。その姿はしあわせそのものだった。

たまたま顔を上げ、その拍子にビクトリアが目にとまると、メグの口もとからいままでの満ちたりた笑みが消えた。ノートを放り出すと、彼女はスツールから飛び上がらんばかりに驚いた。「まあ、びっくりさせないで！　あなたがとつぜん目のまえにあらわれるなんて思いもしなかったわ」

「ごめんなさい」ビクトリアはか細い声で笑った。「咳払《せきばら》いか何かすればよかったわね」

急いで友人を抱き締めると、メグは一歩うしろに下がってまじまじとこちらを見た。

「何言ってるのよ。あなたに会えてうれしくないわけがないでしょう」近くにいる客を気にして、声を落とす。「あなた、だいじょうぶ？」

「もちろんよ」ビクトリアの返事は不自然なほどすばやかった。「空の旅で少し疲れてるだけ。店のようすを見てからひと眠りしようと思って来てみたのよ」眠れるはずがないのは彼女自身よくわかっていた。それなのに、その言葉はもっともらしく響いた。

しかし、メグの耳はごまかせなかった。「奥に入ってコーヒーでも飲まない？」

「でも、じゃましちゃ悪いから……。きょうは忙しいみたいだし」

「少しぐらいならお店の子にまかせても平気よ」メグはきっぱりと言った。「あたしが電話したあとどうなったのか聞きたいわ」

「たいして話すようなこともないの。ウィリアム卿の孫娘じゃないってわかった以上、あそこを立ち去るしかないもの」

あまりにあっけない返事だった。ふたつのマグにコーヒーを注《つ》ぎ、それを奥のテーブルに置くと、メグはビクトリアと差し向かいに座った。それから優しく友人にたずねる。

「あの話を聞いて、ダーシー家の方たちと伯爵は何ておっしゃった？」

「それが……、話さなかったのよ」友人の驚いた目つきを見て、ビクトリアは言いたした。

「ウィリアム卿の病状が悪化するのは目に見えてたから。それにわたしがいくら出ていくって言っても、あの人たちのことだから、それに反対するのが義務だと思うにちがいないわ」

〝あの人たち〟とはつまるところ、アントニーのことだと、メグはちゃんと心得ていた。他人の私生活に干渉する気は毛頭なかったが、まずいことになってしまったと第三者ながら憂慮せずにはいられなかった。

「何か書き残してきたんでしょう？」

「短い……、手紙をね。言うべきこともあまりないし。あとはただ、わたしを許してくれるよう祈るだけだわ」

メグは心底当惑して額に皺《しわ》を寄せた。「何を許してもらうのよ?」

「あ、あの人たちの期待どおりの人間じゃなかったことを」

「いつから他人の期待をそんなに気にするようになったの?」

やっと聞き取れるくらいに静かな声で、ビクトリアは答えた。「家族のありがたみがわかるようになってから」

メグは深々と吐息をもらして椅子《いす》にもたれた。おだやかな目はしていても、彼女の鋭い頭は忙しく働いていた。

この世にひとりきりじゃないと初めて気づいたとき、人は余計な気を回すものなのだろう。ビクトリアも初めて家族の一員としての責任に目覚め、それを果たせない自分を必要以上に責めている。彼女が深い思いを抱くようになった人々の尊敬を得られなくなるのを恐れてもいる。

いずれにせよ、ビクトリアがつらいときを迎えているのは確かだ。見ただけでそれはわかる。青ざめた顔。赤らんだ目。膝の上で開いたり閉じたりしている手がこきざみにふるえている。

そのアントニーとかいう男性が、ビクトリアをこれほど苦しませる価値のある人物なら、ドロシー・カーマイケルのことを知って、いたたまれなくなった彼女の気持ちも思いやれるはずだ。そしてそれなりの態度を示すことだろう。

ビクトリアの考えは、どうもその逆らしかった。義務と責任の名において、アントニーが自分を犠牲にするものと思いこんでいる。そしてそれを未然に防ごうと心に決めているのだ。

メグは悲しげに頭を振った。人はどうして事を複雑にするのだろう。彼女の作りだした登場人物でさえ、これほどいちずに、これほどかたくなにはなれやしない。

「鉢の植え替えでも手伝いましょうか」いつのまにかビクトリアが話している。「請求書に目を通したほうがいい?……それとも……」

「そんなもの放っときなさい」メグはつっぱねた。「あんたは仕事なんかできる状態じゃないわ。二階で休んでればいいのよ」

「まあ、ばかなこと言わないで。わたしだっていつまでもあなたに甘えているわけにはいかないわ」

「あら、あたしだってむりに仕事を押しつけたくないわ。そうでなくてもあなたは疲れているんだから。じつをいうと、長い人生のなかでもこの何日間はあたしにとって最高だったわ。小説のほうも素晴らしいものができそうだし、たのしくてしかたないのよ。だからお願い、あたしをここから追い出すなんて酷なことはしないでね」

「追い出す?」

ビクトリアは自分の耳を疑って聞き返した。行き場のないのは、むしろ彼女のほうだった。そう思うと、急に疲れが襲ってきた。

「そうよ。いつものあなたに戻ったら、このことについて話しあいたいと思ってたのよ。あの退屈で孤独な世界にはちっとも戻る気がしなくてね。あなたも店のことは心配しないで、自分の人生にきちんとけりをつけることだけ考えてちょうだい」

たとえむりな注文でも、ここはメグの言うとおりにしたほうがいい、とビクトリアも納得した。メグの言葉はきつかったが、そのなかには痛いほどの思いやりがこもっていた。いつのまにかビクトリアは目頭が熱くなった。

いずれにせよ、今度のつらい経験で、哀れみと思いやりは別のものだということをビクトリアは学んだ。ゆっくりとうなずいて言う。「そのほうがいいかもしれないわね。いまのわたしは何ひとつまともなことは考えられないから」

短い階段をやっとの思いで上り、倒れこむようにして部屋のなかに入る。しかし、眠りにつくまえにあとひとつやるべきことが残っていた。

意を決して、ビクトリアは探偵社の電話番号を回した。ほどなく、ジョナサン・ウィルソンが電話に出た。職業柄徹底して、それでも優しさをこめて、彼はメグに話したとおりのことをくりかえした。

「もっといい知らせだとよかったんですが、ミス・ロンバード。あなたからカーマイケルの情報をうかがったとき、これできっと何かがつかめると思いましたよ。実際、そのとおりになりましたが、残念なことです」

「いいんです、ミスター・ウィルソン。万が一、まちがいってこともありますから、いちおう電話で確かめようと思っただけですわ」

「残念ながらその可能性はありません。近所の人たち、全部で三人ですが、彼らの記憶は確かです。口のきけない子どものほうが自分の娘だとドロシー・カーマイケルが言うのを、三人とも聞いた覚えがあるそうです」

「それは決定的ですわね……」ビクトリアはしばらく黙りこみ、それから思いきってたずねた。「ドロシー・カーマイケルともうひとりの少女の行方について何かわかりまして？」

「ええ、きょうちょうどそのことでミス・フィッツジェラルドにお電話するつもりでした。ニュー・ハンプシャー警察の記録で確認がとれたんですが、カーマイケルは一九六〇年型のフォードでカナダ国境近くを運転中、トラックと正面衝突しました。あなたを孤児院に置き去りにした一〇日後にね。当時五歳くらいの小さな女の子もその道連れになりました」

「では、これ以上何も出てこないわけですね？」ビクトリアはひとりごとともなんともつかない声でたずねた。

「これで一件落着ということになりそうですね」ウィルソンは静かに言った。「あす、最終報告をお送りします」

ビクトリアは最後の頼みを、できるだけ冷静に口にした。

「そのコピーをアントニー・ダーシー卿《きょう》にも送っていただけないでしょうか。あの方も知っておくべきことですし、そちらから直接知らせてもらうのがいちばん手っ取り早いと思いますから」

探偵は快く引き受けてくれた。ビクトリアから聞いた住所を書きとめると、まもなく受話器を置いた。

それからしばらくのあいだ、ビクトリアは向かい側の壁をぼんやりと見つめて座りこんでいた。立ち上がる気力さえいまの彼女にはなかった。そのうち、もちまえの自尊心と自衛本能が頭をもたげてきた。

このまま穴のなかに身をひそめていられたらどんなにいいだろう。そんな気持ちに鞭打《むちう》つようにして、ビクトリアは熱いシャワーを浴びた。長旅でこわばったからだがいくらかほぐれた。

長年愛用しているテリー織りのピンクのローブを素肌にまとい、肩の上にほつれた髪を垂らし、化粧を落とした姿を鏡でちらりと見て、ビクトリアは顔をしかめた。

なんて姿、まるで哀れな野良猫みたいよ。いままでつらいことはたくさんあったけど、けっきょくはそれを乗り越えてきたじゃない。それを忘れちゃいけないわ、ビクトリア。

新たな人生を築くための闘いがこれから待ち受けている。けれど、いまは何も手につかない。

ドアをたたく音がして、ビクトリアは思わずうめき声をあげた。おそらく、メグがようすを見にきたのだろう。昨夜、といっても遠い昔のことのようだが、アントニーもそんなふうにしてわたしの部屋を訪ねてくれたっけ。ビクトリアの胸にそのときの思い出が切なくよみがえった。

昨夜と同様、ビクトリアはひとりになりたかった。それを丁重に友人に告げようと思い、急いで戸口に向かった。ドアを開けてはみたものの、ひとことも言葉が出てこない。怒り狂った虎《とら》のような足取りで部屋にずかずかと入ってくる男性を、ビクトリアはただ呆然《ぼうぜん》と見つめていた。

「信じられないくらいばかげた話をこれまでも聞いたことがある」アントニーはうなった。「そのなかでもこいつはきわめつきだよ」

思いがけない訪問者にあっけにとられたまま、ビクトリアは彼の背後のドアを無意識に閉め、ローブのまえをきつく合わせた。「い、いったい何しに来たの?」

アントニーは目を細めた。「見失ったらしいぼくの持ち物を取り戻しに来たのさ」

横柄なその言葉は、驚きと疲労に襲われていたビクトリアのからだにぐさりと突き刺さった。とまどいよりも、純粋な怒りにかられて、彼女は頬を赤らめた。わたしを所有物のひとつみたいに考えてるとすれば、おかどちがいもいいところだ。

「言っときますけど」ビクトリアは腹立たしげに言った。「わたしはとうぜんのことをしたまでよ。あなたがいくらあとを追ってきたからって、この気持ちは変わらないわ。こんなことをしても時間のむだというものよ」

「そうかな?」アントニーが言い返した。ソファの上でできるだけくつろごうと、コーヒーテーブルに足をのせて、もの憂げに呼びかける。「さあ、ここにおいで」

「お断りよ! いったい、何の権利があって、あなたは――」

「きみを愛してる男としての権利がある」アントニーは口をはさんで、きっぱりと言った。「そして、きみに愛されていると信じている男としての権利が」

ビクトリアは口を開こうとしたが、何ひとつ言い返せなかった。まるで催眠術にでもかかったように、こちらに差し出された細長く浅黒い手に惹《ひ》かれてゆっくりと歩きだす。五、六〇センチしか離れていないところで、アントニーはたくましい腕を彼女のウエストに回した。ビクトリアが膝の上に倒れたとき、ローブのまえが半分開いて細い脚が太腿のあたりまであらわになった。

アントニーの瞳から冷ややかさが消え、深い愛情のまなざしに変わった。そのあまりの深さに、ビクトリアは思わず息をのんだ。彼の瞳に浮かんでいるのは愛情と、そして痛ましさだった。

アントニーがいかに疲れているか、彼女はそのとき初めて知った。口もとには深い皺ができ、目の下に隈《くま》ができている。わたしのしたことはまちがっていないという信念にしがみつく一方、ビクトリアは苦い後悔にとらわれた。

「アントニー……」とつぶやく。「どうかわかってちょうだい。ウィリアム卿の孫娘でないとわかった以上、あそこにはとてもいられなかったのよ」

「ぼくにどうして相談してくれなかった？」アントニーの長い指先が彼女の頬を優しく撫《な》でる。ビクトリアはいっそう返事がしにくくなった。

「できなかったのよ。言えばあなたは、そんなことは問題じゃないってわたしを引き止めようとしたでしょう」

頬を伝う指先が止まり、アントニーの眉が片方持ち上がった。「ほう、よくわかってるじゃないか。ならいったいどうしてこんな軽はずみなまねをした？　黙って家を飛び出したりして――」

「軽はずみじゃないわ！　わたしにとってはいちばんつらい選択だったのよ。それを忘れないでもらいたいわ。これでよかったのよ。まさかあなたがこんなところまで追いかけてくるなんて」

アントニーの口からいらだたしげな吐息がもれる。「なぜ、こういう方法を選んだのか、教えてもらいたいね」

「わかりきったことよ。あなたはわたしにたいして一種の義務を感じているわ。紳士的なあなたはそれを無視できないのよ」

「義務だって?」まるで初めて聞く言葉のように、アントニーは聞き返した。「ぼくがきみを義務のひとつだと考えてるというのかい?」

「そうでしょう? だってわたしたちの関係は……」ビクトリアはそこで言いよどんだ。アントニーのためにわざわざ説明する気もしなければ、その必要もないように思えた。

アントニーの広い胸が急にふるえた。いったいどうしたのだろう、ビクトリアは不思議に思った。彼の口から低い笑い声がもれるのを聞いて、やっと自分が笑われているのに気づいた。

「つまり、こういうことなんだね……。ふたりは肉体関係をもったから、ぼくはきみにたいして騎士道的な責任を感じていると?」

「そうなんでしょう?」

「とんでもない」

おだやかにアントニーは告げた。ビクトリアの腰に回した手に力をこめ、いやおうなしに彼女を抱き寄せる。

「ぼくの気持ちは、高尚な騎士道精神などとは似ても似つかないものだ。これは情熱以外の何ものでもない。愛しいきみを自分のものにしたいという思いがつのりつのった結果だよ。そして、自分の女をあくまで守りぬきたいという、野蛮とまではいわないが、自然な欲求のあらわれなんだ」

「でも、どうして……?」興奮した声でビクトリアは言った。「わたしはあなたが考えているような人間じゃないのよ」思いきって真実を口にする。「わたしはドロシー・カーマイケルの娘なのよ」

ビクトリアはそう言うと、顔を伏せた。頬を流れる熱い涙をアントニーに気づかれないよう祈りながら。

アントニーは長いあいだ黙っていた。顔を彼の肩にもたせ、優しく揺すぶられているのに、ビクトリアはようやく気づいた。彼女の素姓についてアントニーが初めて打ち明けたときも、ちょうどこんなふうにあやしてくれた。

ビクトリアの嘆きが静まるのを待ってから、アントニーは優しくたずねた。「誰がそんなことを言ったんだい?」

「ウ、ウィルソン&デイビス探偵社よ」ビクトリアはためらいがちに言った。「……ドロシー・カーマイケルについて調べるように依頼したの。きのうメグが結果を知らせてくれて」ふるえながら深々とため息をつく。「彼女にはビクトリア・アルジャーソンと同い年ぐらいの娘がいたそうよ」

「それで?」

「口のきけないほうがドロシーの娘で、その子はビクトリアとすり変えられたのよ」

「ドロシーがそんなことを……？　妙だな。なぜそんなめんどうなことをしたんだろう？」

「本物のビクトリアを手放したら、警察にばれるかもしれないからよ」アントニーがこの一大発見に少しも動じないのにいらだって、彼女は言った。「あなたってこんなに鈍い人だとは思わなかったわ。わたしは、犯罪者の娘なのよ」

「それで？」

これから告げなければならない事実の重さを思い、ビクトリアは一瞬言葉を失った。すさんだ声でやっと話しだす。「最悪なことに、ドロシーはわたしを孤児院に残したすぐあとに、本物のビクトリアともども交通事故で即死したわ」

「そうか……、かわいそうに。子どものほうがね。その女性には同情の余地すらないとしても」

アントニーの冷静な態度に、ビクトリアはとまどいを覚えた。伯爵の孫娘がこの世にいないというのに、少しも気にするようすがない。「ウ、ウィリアム卿には何て言うつもり？」

アントニーは力なく頭を振った。「さあね。もちろん、きみが出ていったことは伯爵も知ってる」

「じゃ、そのわけを伏せるわけには……」

「わけはもう話してあるよ」

ビクトリアの驚いた顔を見て、アントニーはいくらか厳しい口調で言った。

「急にやっかいな仕事ができて戻らざるをえなくなったと言っておいた。それを手伝うためにぼくもあとを追うとね」

「それじゃ、わたしたちは用事がすみしだい、向こうに戻るみたいに思われるじゃない」

「そのとおり」

「ああ、アントニー。だめよ、そんなこと言っちゃ！　余計ひとりで帰れなくなってしまうわ」

「心配ないよ。手ぶらで帰るつもりはさらさらないからね」

アントニーの腕から逃れようともがき、それがむだだとわかると、ビクトリアは彼をにらみつけた。「よくもそんなことが言えるわね。義務なんて関係ないと言っておきながら」

「そうさ、これは義務感よりずっと野蛮な感情だと言っただろう」

ほんのり紅潮したアントニーの頬、彼女の太腿を撫でるざらついた手の感触がその言葉を十分裏づけているようだった。それでも、ビクトリアはまだ信じられなかった。

「アントニー、わたしたちは親密になりすぎて、何が何だかわからなくなってしまったのよ。あなたが責任感の強い人だってことはよく知ってるわ。なのにこの場合だけ義務を忘れてしまうなんて、どう考えても変よ」

「忘れてるのはどっちだい？」そうたずねながら、アントニーはさらにローブのまえを開き、豊かな乳房をまさぐった。

ビクトリアにとってこれほど気が散ることはなかった。何を言うつもりだったか、必死に思い出そうとする。「あ、あなたよ。わたしみたいな境遇の女をばかにしているのね」けむるような瞳が柔らかく湿ったビクトリアの口もとにじっと見入っている。うわのそらでアントニーはつぶやいた。「きみがそんなに頭のかたい人だとは思わなかったよ」

「ちがうわ。ただ、現実的なだけよ」

「くだらない。いまは何世紀だい？　中世じゃあるまいし、境遇なんて関係ない。ぼくが好きなものは好きなんだ」

「ほんとうに……？」

「そうだとも」アントニーはおごそかに告げた「確かに義務と責任はぼくの人生には欠かせないが、それがすべてじゃない。ときにはぼくだって自分の好きなようにやるさ」ビクトリアを両腕にしっかりと抱えると、アントニーは急に立ち上がった。「いまからやることもそうだよ、ビクトリア」ベッドに向かいながら、彼は言った。「少しも紳士的なやり方じゃないが、許してくれないか。きみにはこれがいい薬なんだ。きみの人生にふさわしい役目を忘れてもらっては困るからね」

「あら……、わたしの役目って？」ベッドに横たえられながら、ビクトリアは聞いた。アントニーは上着を脱ぎはじめる。

「もちろん、ぼくの妻としての役目だよ。それとぼくの子どもの母親として」

その意味を理解するのにビクトリアはしばらく時間がかかった。ようやくそれがわかるころには、アントニーはシャツのボタンを外しにかかっていた。あらわになった広くたくましい胸を見て、ビクトリアはつぶやいた。「子ども……。わたしに育てられるかどうか自信がないわ」

「鉢植えを育てるのと同じと思えばいい」アントニーは朗らかに言うと、ベッドの端に腰かけて靴とソックスを脱いだ。スラックスとブリーフもあっというまに脱ぎ捨てた。

裸の彼は、服を着ているとき以上に堂々としていた。文明の衣を脱ぎ去り、ビクトリアのまえに立つ彼は、息が止まるほどたくましい筋肉に包まれ、そのからだは雄々しく興奮していた。

あわてて息を吸いこみながら、ビクトリアは言った。「もう少し考えてみない？　わたしたち、それほど長いつきあいでも――」いかにも心もとない声だった。もう何の迷いもないことは、ビクトリア自身、よくわかっていた。

アントニーもそれは同じだった。ベッドに片膝をつき、ローブの紐《ひも》に手を伸ばして言う。「もう十分考えたよ。いまはそれを実行するときだ」

アントニーと欲望をともにしていながら、愚かにもビクトリアは一枚のローブを脱ぐまいと抵抗した。それははかないものに終わったが、少しもいやではなかった。優しく、だが容赦なく、アントニーは彼女を裸にし、その上にからだを沈めた。

たくましいからだに押さえつけられると、ビクトリアはうっとりと彼を見上げた。「あなたの言うとおりね。少しも紳士的じゃないわ」

アントニーは引き締まった口もとに獣じみた笑みを浮かべた。「さっきからそれを言おうとしてたのに。きみのほんとうの名字が何だろうとぼくはかまわない。カーマイケルでもアルジャーソンでもいいんだ。どちらにしても手続きがすみしだい、きみの名はダーシーに変わるんだからね」

「ダーシー……、いい響きね」

「それは光栄だ」アントニーがささやく。ビクトリアの喉もとのいちばん敏感な脈を正確に探り当てると、そこを心ゆくまで味わった。

「でも、わたしの自立を少しは認めてね、ううん……アントニー……」

アントニーは顔を上げ、輝かしいトパーズ色の瞳でビクトリアを見つめた。意外にもその瞳には彼の傷つきやすい心が映っていた。「好きなだけ自立すればいい。ただ、きみの人生にぼくの入るすきさえあれば」

「いつだってあるわ」アントニーの大きな手で腰を持ち上げられて、ビクトリアは思わずあえいだ。重なりあうふたりのからだの感触は、彼女に耐えられないほどの興奮をもたらした。解放を求めて、欲望が切なくからだを締めつける。

ビクトリアが完全に敗北を認めているのをまだわからずにいるのか、それとも自分の勝利を信じられないふりをしているだけなのか、アントニーは言った。「ぼくの借りてるあの家だけど、買い取ろうと思ってるんだ。そうすれば、おたがいここでの仕事がやりやすくなるだろう」

「すてきね」

「だからきみもこの店を手放すことはないんだ」

「ここは売るつもりなの……、メグに……、店に出てるほうが小説もはかどるんですって」

「ほう……、それもいいかもしれないな。きみはこれからてんてこまいなはずだからね。ブラックスワンとぼくと子どもたちの世話で」

「ブラックスワン？　あそこはあなたのお母さまがお世話なさってるじゃない」

「ここに来るまえに母に言われたよ。そろそろ肩の荷を降ろしたいってね」少々哀れっぽくアントニーはつけ加えた。「じつをいうと、きみを連れて帰らなかったら母に家に入れてもらえないんだ」

手のひらに乳房を包みこむと、アントニーはそれを口に含んだ。快感がビクトリアの全身を貫き、彼女は何もかも忘れて、その歓《よろこ》びに酔いしれた。広大な屋敷の女主人としてやっていけるかどうかという不安も、ほんとうの素姓を知ったときの情けない気持ちも、いまのビクトリアにはなかった。

腕を差し出し、アントニーの広い背中を抱き締めながら、ビクトリアは思った。彼が真のわたしを見出《みいだ》してくれたと。勇敢で情熱的な女、過去の暗い影を振りきって輝かしい未来に堂々と立ち向かえる女こそ、真のわたしなのだと。

エピローグ

「アイリスはとくにできがいいんです」ビクトリアはウィリアム卿《きょう》に言った。「チューリップもそう。品種改良したあれなんか、とりわけ美しい花を咲かせてますわ」暖かい夏のある日、彼らは陽光がさんさんと照りつける戸外に腰を下ろしていた。そこから広い庭園が一望のもとに見渡せる。

「思っていたとおりじゃよ」伯爵はそう言うと、腕に抱いた赤ん坊の顎の下をくすぐった。赤ん坊はうれしそうにくっくっと声を立てた。「おまえはここに魔法をかけたようじゃな。ブラックスワンの庭がこれほど美しくなったことはないよ」

伯爵の横にいるアントニーがうなずいた。彼の送る視線に妻の頬は赤く染まった。

「ビクトリアの手にかかると何もかも花が開くんです」

「この坊やにしてもそうじゃな」ウィリアム卿は小声で笑い、膝の上の男の子をあやした。チャールズ・ウィリアム・ダーシーは生まれてまだ六週間だというのに、もう人の目を引きつけてやまない魅力を放っている。かわいらしい笑顔にえくぼをつくり、ひっきりなしにはしゃいでいる。

ビクトリアはいささか複雑な面持ちでわが子を見つめた。このチャーリー坊やが、どうして生まれたのか、いまもって不可解だった。

もちろん、この子が愛の結晶であるのは疑いようがなかった。わからないのは、二、三年は自分たちだけの暮らしをたのしんでから子どもをもうけようとふたりで決めたはずなのに、どうして生まれたのか、という点だった。おそらく、子どものほうがそれまで待ちきれなかったのだろう。ふたりの第一回目の結婚記念日にビクトリアは出産し、子どもの祖母と祖父代わりをいたく喜ばせた。

とりわけフィオナは得意満面といった感じだった。ダーシー家の男性はまたたくまに世継ぎをもうけることで知られている、と義理の娘に忠告したのはなにを隠そう、彼女だった。

現代科学の威力を信じているビクトリアは、ダーシー家にそんな伝統があることなどたいして気にもとめなかった。ところがある日、庭いじりをしている際中に倒れ、世の中にはまえもって定められた運命があるのを初めて知ったのだった。

アントニーと彼女にしてもそれが当てはまる。イギリスに戻ってからというもの、毎日毎日が驚きとしあわせの連続だった。

ドロシー・カーマイケルのことを伯爵に告げるというつらい務めを、アントニーは細心の注意を払って果たした。ほんとうの祖父のように慕っている男性が傷つく姿は見たくなかったが、ビクトリアはあえてその場に居あわせた。

ウィリアム卿の見せた反応はビクトリアを心底驚かせた。

探偵社による調査の内容をアントニーがすべて話し終えると、伯爵はもっともらしく言った。ドロシー・カーマイケルの言葉をもとに、口のきけないほうが彼女の娘だと断定するのは早まった考えだ。その女は嘘《うそ》八百ばかり言うやつだ、この件だってほんとうかどうかわかったものではない。むしろ、家族から引き離された苦しみを味わった少女のほうが口のきけなくなる可能性は多いのではないか。いずれにしても、そんなことはとるにたらない問題だ。わしはビクトリアを愛している。おまえが誰だろうと、この気持ちは変わらない。

チャーリーを抱いて優しくあやしている伯爵を見て、ビクトリアの胸は締めつけられた。わたしが誰なのか、ほんとうのところはわからない。ビクトリアはいまではそう思っている。

実際、自分が何者だろうとかまわなかった。こうして身にあまるほどの愛情に包まれていると、つらく悲しい過去をくぐり抜けてきたのがまるで嘘のようだった。こんなに大きなしあわせを授けられたことを感謝しない日はなかった。

伯爵とわが子の微笑《ほほえ》ましい光景に注がれていたビクトリアの温かいまなざしは、太陽の下に広がる美しい庭園に向けられた。そよ吹く風に揺れて光り輝く花々は、いまの彼女の気持ちをすべて物語るかのようだった。暗かった人生は愛の色に染まり、まぶしくきらめいている。

けれど、地上の楽園にもちっぽけな問題が二、三残っていた。たとえば蜂《はち》。

出産を終えたので、医者の勧めに従い、ビクトリアは蜂刺されのアレルギーにたいして免疫をつけようと思っていた。といっても急に治るものではない。慎重にしないと、まえのように病院にかつぎこまれないともかぎらない。

やっぱりアレルギーの専門家に診てもらったほうがいいかしら。きょうにでもさっそく電話してみよう。ビクトリアがそう思い立った矢先に、一匹の蜂が彼女のすぐそばのチューリップの花にひょっこりとまった。無意識のうちに立ち上がると、チャーリーのほうに手を差しのべた。

「お祖父《じい》さま、申しわけありませんけど、わたしたち家のなかに入らせていただきますわ。この子がわたしのアレルギーを受け継いでいるかどうかわかりませんけど、万一のことを考えて――」ビクトリアの言葉はそこではたととぎれてしまった。伯爵もいっしょに立ち上がるのに気づいたからだ。

「いまいましい蜂め」伯爵はさも憎らしそうに叫んだ。「アルジャーソン家のものはこれだから困る。先祖代々、どいつもこいつも蜂アレルギーときている」

蜂は人間たちにはおかまいなく、のどかそうにチューリップの花の上にとまっている。人間たちはふと黙りこんだ。ビクトリアと伯爵は長いあいだ、たがいをじっと見つめていた。

喉をつまらせながらビクトリアがたずねる。「みんな、そうですの？」

ゆっくりと赤ん坊に視線を移して、伯爵はうなずいた。「この体質だけはひとり残らず受け継いどる」

そのとき、蜂はひょいと飛び立った。百合《ゆり》にとまったかと思うと、ハイビスカスに移り、そして好物のアイリスのほうに飛んでいく。

アントニーが立ち上がった。優しく妻の手を取ると、手のひらにそっとくちづけした。眠たそうなチャーリーの頭越しに、ふたりは目と目を合わせた。

「おかえり、ビクトリア」夫はそっとつぶやいた。

●本書は、1987年12月に小社より刊行された『ナイトに抱かれて』を改題し、
文庫化したものです。

過去をなくした伯爵令嬢

2024年12月15日発行　第1刷

著　　者／モーラ・シーガー
訳　　者／中原聡美（なかはら　さとみ）
発 行 人／鈴木幸辰
発 行 所／株式会社ハーパーコリンズ・ジャパン
東京都千代田区大手町1-5-1
電話／04-2951-2000（注文）
0570-008091（読者サービス係）
印刷・製本／中央精版印刷株式会社
表紙写真／© Golyak | Dreamstime.com

ISBN978-4-596-71923-2